KB124872

블랙박스 : 세상에서 너를 지우려면

우리학교 소설 읽는 시간
블랙박스 : 세상에서 너를 지우려면

초판 1쇄 펴낸날   2022년 11월 11일
초판 8쇄 펴낸날   2024년 11월 18일

지은이   황지영
펴낸이   홍지연

편집   홍소연 이태화 김선아 김영은 차소영 서경민
디자인   이정화 박태연 박해연 정든해
마케팅   강점원 최은 신예은 김가영 김동휘
경영지원   정상희 여주현

펴낸곳   (주)우리학교
출판등록   제313-2009-26호(2009년 1월 5일)
제조국   대한민국
주소   04029 서울시 마포구 동교로12안길 8
전화   02-6012-6094
팩스   02-6012-6092
홈페이지 www.woorischool.co.kr
이메일   woorischool@naver.com

ⓒ황지영, 2022
ISBN 979-11-6755-080-4 43810

블랙박스

황지영 지음

세상에서 너를 지우려면

우리학교

차례

프롤로그

사고 블랙박스 영상. 검색.

단순한 사고 영상들은 지나친다. 내가 멈추는 곳은 이런 곳들.

충격, 절체절명, 사망, 놀람 주의, 심약자 클릭 금지, 혐오 주의…….

제목과 섬네일만 봤는데도 온몸이 저릿하다.

닫아도 돼. 양고울, 닫아도 된다고.

나는 눈을 감고 심호흡을 한다.

세상은 사고로 가득 차 있고, 인터넷 세상도 마찬가지다.

현실에서 사고는 수습되지만, 인터넷에서 사고 영상은 무한히 반복 재생된다.

나는 영상 재생 버튼을 클릭한다.

차와 사람. 자전거와 킥보드.

날아가고, 쓰러지고, 찌그러지고, 부서지고.

흥미진진한 배경 음악과 경쾌한 광고들.

그리고 낄낄거리는 댓글들.

죽었나?

최소 전신 마비.

저렇게 인구 한 명 감소.

그러게 왜 차를 끌고 나와서.

무개념.

경차를 왜 타서.

쯧쯧.

다시 눈을 감고 심호흡을 한다. 조금 더 깊이.

사람들이 자극적인 제목을 단 의도를 떠올린다.

댓글을 달면서 움직인 열 개의 손가락을 떠올린다.

블랙박스는 사고의 모든 걸 알고 있다.

하지만 그 안에는 생명의 온기가 없다.

블랙박스 속 사람은 과실過失로만 존재한다.

0에서 100까지의 숫자로만 존재한다.

예담이도 그랬다.

지금, 내가 할 수 있는 일이 있다.

나는 키보드를 두드린다.

16만 원

4교시가 끝나는 종이 울리자마자 의자와 책상 밀리는 소리가 교실을 가득 채웠다. 그래, 어서들 가. 다들 맛있게 먹고. 돌아올 때는 교복에 음식 냄새를 잔뜩 묻혀 오겠지.

"점심 먹으러 안 가?"

고개를 들었더니 오민서가 웃으며 나를 내려다보고 있었다. 민서 옆에는 김태린이 한 발짝 떨어져 서 있었다.

정말 오민서가 나에게 말을 걸었나? 정말 김태린이 내 가까이 온 건가?

"나 점심 안 먹어."

"우리랑 같이 먹으러 가자. 오늘 돼지갈비 나온대. 우리 학교 돼지갈비 맛집이잖아."

민서는 자기 말이 웃기는지 피식 웃었다.

우리 학교가 돼지갈비 맛집이긴 하다. 다른 급식도 맛있기로 유명하다. 청수중학교가 아니라 20년 전통 청수돼지갈비로 바꾸면 어떨까? 교실마다 책상을 붙여 앉아 돼지갈비를 먹는다면. 창문으로 갈비 냄새가 퍼져 나간다면. 교문 앞에 손님들이 길게 줄을 선다면. 지금보다 훨씬 더 행복한 공간이 되겠지. 그래도 난 돼지갈비는 먹지 않을 테지만.

내가 가만히 있자 태린이가 민서 팔을 잡아당겼다. 민서는 나에게 싱긋 웃어 보이더니 태린이와 교실을 나갔다.

민서가 갑자기 왜 저럴까? 나는 5월 이후로 급식을 먹지 않는다. 거의 반년을 그랬고, 우리 반 아이들은 다 안다. 선생님은 내가 급식을 먹지 않는다는 걸 알고 나서 다이어트하느냐고 물었다. 계속 물어볼까 봐 그냥 그렇다고 했다. 그 뒤 선생님이 친절하게도 "고울이는 아직도 다이어트하느라 점심 안 먹는 거야?"라고 크게 몇 번을 말해 준 덕분에 모든 아이가 내가 점심을 안 먹는 사실을 알게 되었다. 선생님은 "그래도 밥은 먹으면서 다이어트를 해야지."라는 말도 꼬박꼬박 덧붙였다.

학기 초에 담임은 자기 농담 스타일이 구식이라며, 그래도 마음은 따뜻한 사람이니 괜히 오해하거나 마음에 담아 두지 말라고 말했다. 구식인 줄 알지만, 너희가 상처받을 줄도 알지만, 굳이 힘들여 신식으로 바꿀 생각은 없다는 뜻으로 알아들었다.

같은 반이 되고 10월이 될 때까지 민서와 나는 말을 나눠 본 적이 거의 없었다. 민서가 갑자기 저러는 이유는? 담임이 부탁이라도 한 걸까? 우리 반 최대 오점 양고울을 갱생시키라고. 공부도 못해, 친구도 없어, 의욕도 없는 양고울을.

교실이 금세 텅 비었다. 오늘은 점심을 거르거나, 뭉그적대며 늦게 나가는 아이들도 없다. 복도도 고요하다. 나는 얼른 가방에서 시리얼 바를 꺼냈다.

아이들은 내가 점심을 굶는 줄 알겠지만 그건 큰 착각이다. 냄새 없이 빨리, 든든히 먹기에는 시리얼 바만 한 게 없다. 물론 하나로는 어림도 없고, 두 개는 먹어야 한다. 오늘은 크랜베리, 견과류 시리얼 바를 준비해 왔다. 나는 아이들이 돌아오기 전에 얼른 시리얼 바를 먹어 치우고 봉지를 작게 접어 가방 깊숙이 넣었다.

물병을 꺼내 물을 마셨다. 노란색 반투명 물병이어서인지 아이들은 내가 마시는 물이 체중 조절용 효소라고 알고 있다. 하지만 이건 그냥 맹물이다. 아이들은 궁금할까? 점심을 굶고 효소까지 마시는데 왜 살이 그대로인지. 하지만 이 교실 안에 나에게 그만큼 관심을 두는 사람이 있을까? 답은 쉽다. 없다.

집에 가는 길에 맡고 싶지 않은 냄새가 바람에 실려 왔다. 이제 10월 중순인데 왜 벌써 잉어빵을 파는 걸까.

잉어빵 가게 앞에 우리 학교 아이들이 보였다. 팥과 슈크림뿐만 아니라 치즈, 초코, 고구마 맛 잉어빵도 있다고 한다. 천막 위 현수막에는 어느 어느 방송에 나왔다고 적혀 있었다.

난 6학년 겨울 이후로 잉어빵을 먹은 적이 없다. 붕어빵도. 붕어 모양 아이스크림도. 찬 바람이 불면 이 길을 지나가는 게 곤욕이다. 눈은 다른 곳을 보면 되지만 냄새까지 막을 수는 없었다. 누구에겐 고소하고 구수한 냄새일 것이다. 하지만 나에겐 비린내가 난다. 진짜 잉어를 갈아 만든 게 아닐까 싶을 정도로.

나는 숨을 멈춘 채, 빠른 걸음으로 가게를 지나쳤다.

"양고울! 잉어빵 먹을래?"

흠칫 놀라 뒤를 돌아보니 또 민서다. 민서 옆에는 또 태린이다. 태린이는 또 나를 보지 않는다. 둘은 학교에서도 늘 붙어 다니는데 밖에서도 붙어 다니네.

내가 고개를 젓자 민서가 태린이에게 뭐라 속삭이고 나에게 뛰어왔다.

"잠깐만 얘기 좀 하자. 할 말이 있어."

"할 말?"

민서는 내 팔짱을 끼고 걸었다. 누구랑 팔짱을 낀 게 너무 오랜만이라 나도 모르게 몸에 힘이 잔뜩 들어갔다.

민서는 학교 후문 근처에 있는 프림아파트 입구로 들어가려 했다. 들어가고 싶지 않은 아파트였다. 민서가 여기 사는구나. 내가 발을 멈추자 민서가 팔에 힘을 주며 당겼다.

"딱 5분이면 돼."

우리는 아파트 단지 안으로 들어가 놀이터 정자에 앉았다. 조금 뒤 태린이가 하얀 종이봉투를 들고 걸어왔다. 태린이는 나와 눈을 맞추지 않은 채 봉투를 내 쪽으로 내밀었다. 봉투 속 잉어빵은 비늘 모양이 생생히 살아 있었다. 냄새가 훅 끼쳤다. 나는 손을 저었다.

"고울아, 너 그림 잘 그린다며? 초등학교 때는 상도 좀 탔다며? 태린이가 알려 줬어. 난 너희 학교 안 나와서 몰랐지. 우리 북튜브 대회 같이 나가자. 그림이 필요하거든."

민서가 휴대폰 화면에 공모전 요강을 띄워 나에게 내밀었다. 제2회 전국 청소년 북튜버 대회.

그러면 그렇지. 얘들이 갑자기 나에게 접근한 이유는 다 이런 목적이 있어서였던 거다. 나는 조금, 아주 조금 실망한 것도 같다.

북튜브라면 책을 소개하는 유튜브 채널을 말할 텐데, 난 북튜브 영상은 본 적도 없었다.

"작년 수상작 보니까 그림이 들어가면 더 눈에 띄더라고. 줄거리 소개할 때 넣을 그림 딱 여덟 장만."

'딱'이라는 말은 한두 장과 어울리는 표현이지, 여덟 장과 어울리는 표현은 아니다.

민서는 휴대폰에서 메모 앱을 열더니 북튜브 공모전 계획표를 보여 줬다. 놀랍게도, 소름 돋게도, 그림 담당으로 이미 내 이름이 올라가 있었다. 얘는 뭐지.

나는 손바닥으로 밀서 휴대폰을 밀어 냈다.

"나 요즘 그림 안 그려."

"괜찮아. 잠깐 쉬었다고 금손이 똥손 됐겠니?"

나는 태린이를 바라봤다. 태린이는 잉어빵을 반으로 가르더니 어느 쪽을 먼저 먹을지 고민하는 듯 양쪽을 번갈아 보고 있었다. 반으로 쪼개진 잉어 속에서 김이 솟아올랐다.

태린이가 날 추천한 걸까? 같은 반이 되고 반년 넘는 시간 동안 아는 척도 안 하다가? 태린이 속이 짐작 가지 않았다. 지금도 나와 눈 한 번 마주치지 않는 걸 보면 나와 함께 뭔가를 하고 싶은 사람 같지 않았다.

"안 할래."

꼭 태린이가 걸려서만은 아니었다. 지난 5월 햇살이 눈부시던 날 나는 세준이 책상을 발로 찼고, 그 이후로 내 별명은 양뚤이 되었다. 양씨 성의 또라이라는 뜻이다. 그 뒤로 난 우리 반 아이들에게 먼저 말을 걸지도 않고, 점심을 같이 먹지도 않는다.

사실 그전에도 그리 친한 친구가 있진 않았다. 나는 집과 학교를 오가는 일에 내가 가진 모든 힘을 끌어모아 쓰는 중이었다. 친구라는 존재는 나에게 사치였다. 다른 것까지 신경 쓰다가는 파사삭 부서질 것 같았다.

"16만 원. 안 끌려?"

"16만 원?"

나도 모르게 눈이 커졌다. 민서는 빈틈을 놓치지 않고 파고들었다.

"상금이 50만 원이거든. 우리 셋이 나누는 거야."

시키지도 않았는데 머리가 계산을 시작했다. 50 나누기 3은 16.66666…….

"나는 축구 표 살 거고, 태린이는 영상 편집 프로그램 정기 구독 할 거래. 우리 태린이 유튜버인 건 너도 알고 있지? 넌 어디다 쓸래? 목표를 딱 정해 놔야 힘이 붙잖아."

민서는 마치 내가 한다고 대답한 것처럼 뻔뻔하게 물었다. 친하진 않았지만, 그동안 관찰한 것이 틀리진 않은 듯하다. 오민서. 목표한 것은 어떡하든 이루고 마는 아이. 결과를 위해서 한계까지 몰아붙이는 아이.

지난 수학여행 때 민서는 장기 자랑에서 1등을 했다. 나중에 아이들이 수군거리는 말을 들으니 민서는 원래 장기 자랑에 나갈 생각이 없었다고 했다. 그런데 장기 자랑 날 아침에 문화 상품권을 상품으로 준다는 말을 듣더니 아프다며 그날 일정을 다 빠지고 혼자 숙소에 남았다고 한다. 그렇게 한나절 연습해서 1등을 한 거다. 어쩐지 춤이 엉성하더라니. 그런데 아이들 호응은 얼마나 잘 끌어내던지. 한다면 한다, 이런 게 아마도 민서의 좌우명일 것 같다.

민서는 자기 용돈의 대부분을 축구에 쏟아붓고 있지만 항상 돈이 모자란다고 했다. 우리나라 선수가 있는 영국 축구팀을 응원하는데, 해외 직구로 유니폼을 사고, 유료 스포츠 중계 사이트에 가입하고, 우리나라에서 열리는 경기도 직관하고. 민서가 우리 반 축구 파 아이들 사이에 끼어 이야기하는 모습을 종종 봐서 대충은 알았지만 돈까지 퍼붓고 있는 줄은 몰랐다.

"엄마가 축구 보는 것까지는 안 말리지만, 돈은 더는 지원 안 해 준대. 나 이번 11월 A매치는 꼭 맨 앞에서 봐야 하는데 프리미엄석은 무지 비싸단 말이야."

A매치가 뭔지 몰랐지만 일단 넘어가기로 했다.

"백 프로 당선된다는 보장도 없잖아?"

"그러니까 환상의 팀을 꾸리려는 거지. 태린이는 촬영과 편집, 너는 그림, 나는 책 분석과 진행. 내가 이래 봬도 독서 토론 논술 학원 6년 차거든. 그리고 이번 대회가 2회야. 작년에도 경쟁률이 낮았는데, 올해도 별로 안 알려진 것 같아. 하늘이 내려 준 기회지."

말을 끝낸 민서는 하늘을 올려다보기까지 했다. 하늘이 우리에게 이런 기회를 내려 줄 만큼 한가할까.

태린이가 올해부터 유튜브를 하는 건 알고 있었다. 교실에서 나는 입은 닫았지만, 귀까지 닫은 건 아니어서 많은 말을 듣는다. 말을 안 해서 더 많이 듣는 것일 수도 있다.

사실 난 태린이 채널을 구독하고 있다. 나는 새 영상이 올라올 때마다 멍하니 태린이 영상을 본다.

뜻밖에도 태린이는 공부 브이로그 유튜버다. 뜻밖인 이유는 태린이가 공부를 못한다는 데에 있다. 구독자는 200명 정도인데, 댓글을 보니 대부분 우리 학교 아이들 같았다.

태린이는 1주일에 두 번 브이로그를 올렸다. 책상 위에 작은 전자시계를 놓고 공부하는 모습을 찍어 빨리 감기 해서 올렸다. 흥미로운 점 하나 없이 그냥 공부만 하는 영상이지만 감성을 건드리는 무언가가 있었다.

단정한 책상, 컴퓨터 서체 같은 글씨체. 태린이는 채점 하나도 그냥 하지 않았다. 빨간 색연필을 꺼내 종이 껍질 한 꺼풀을 정성스레 돌돌 풀어 내고 정성 들여 채점한다. 동그라미보다 빗금이 더 많은 시험지는 현대 미술 작품처럼 보이기도 했다.

16만 원이라. 나도 요즘 돈이 필요하긴 하다. 축구 경기 티켓이나 편집 프로그램처럼 번듯한 게 아니라서 아이들 앞에서 말하기는 그랬다.

내가 돈이 필요한 이유는 하나다.

과자.

바삭하고, 달콤하고, 세상 무엇보다 내 마음을 편안하게 해 주는 것.

내 용돈은 내 과자량을 감당하지 못한다. 비상금은 거의 바닥났다. 이제 남은 건 초등학교 때 모아 뒀던 돼지저금통뿐이다.

그래, 얘들이 나랑 친구 하자는 것도 아니잖아. 우리는 일로 만나는 사이일 뿐이야. 그림 몇 장 그려 주고 16만 원을 받을 수 있다면 남는 장사다.

일이 끝나면 우리는 다시 남남이 되는 거다.

"할게."

과자 서랍

집에 온 지 얼마 되지 않았을 때 민서에게서 메시지가 왔다. 작년 수상작이 올라와 있는 유튜브 링크였다. 영상을 보기 전 과자 서랍을 열었다. 다행히 오늘은 무사했다.

지금 나에게 필요한 건……. 나는 신중히 과자들을 살피다 초코 프레첼 한 봉지를 꺼내고 서랍을 닫았다.

나에겐 과자 서랍이 있다. 책상 서랍 첫 번째 칸. 책상에 앉아 있을 때도, 책상 옆 침대에 누워 있을 때도 손이 가장 잘 닿는 자리에 내가 좋아하는 최고의 과자들을 가지런히 담아 두었다. 그런데 과잣값은 금값이고, 점심때 먹을 시리얼 바까지 사야 하다 보니 용돈을 다 쏟아부어도 월말이 되면 서랍이 휑해진다. 게다가 요즘은 부모님과 과자 전쟁 중이라 내 용돈 사정은 더 심각하다.

부모님이 내 과자 서랍을 털어 간 건 한 달 전부터다. 부모님은 내가 과자 중독에, 밀가루 중독에, 탄수화물 중독에, 설탕 중독에, 초콜릿 중독에, 카페인 중독이라고 했다. 비슷한 말을 붙여 놓으니 더 끔찍하게 들렸다. 나는 굳이 부정하지 않았다. 부모님은 내가 작년과 올해 급격히 살이 찐 이유가 과자 때문이라고 한다. 그것도 딱히 부정할 마음은 없다.

지난달부터 부모님은 내가 사 놓은 과자를 가져간다. 버리기라도 하는지 집 안에서는 찾을 수가 없다. 과자 서랍을 처음으로 털린 날, 난 집에 도둑이라도 든 줄 알았다. 하지만 묵직한 돼지저금통이 책상 위에 떡하니 놓여 있는데 과자만 가져갈 도둑은 없다. 과자를 그만 먹으라는 말을 무시했더니, 부모님은 이제 말이 아닌 행동으로 보여 주려는 듯했다.

그날 저녁, 부모님은 내가 언제 화를 낼지 기다리는 것처럼 보였다. 나는 정말 화를 내고 싶었다. 아무리 부모라도 중학생의 서랍을 뒤지는 건 말이 안 된다고, 내 용돈으로 산 과자를 가져가는 것 또한 말이 안 된다고 화를 내고 싶었다. 그렇지만 난 꾹 참았다. 내가 그런 말을 하면 부모님은 기다렸다는 듯 과자가 얼마나 건강에 안 좋은지, 칼로리가 얼마나 높은지, 우리가 너를 얼마나 걱정하면 이렇게까지 했겠는지 줄줄이 늘어놓을 테니까. 부모님은 그런 말들을 하고 싶어 입이 근질거리는 듯했다.

나는 절대 부모님이 원하는 반응을 해 줄 생각이 없었다. 그날

난 부모님에게 과자 이야기는 한마디도 하지 않았다. 부모님은 내가 아직 서랍을 안 열어 본 건가 하는 알쏭달쏭한 표정으로 눈치를 주고받았다.

그 뒤 나는 다시 서랍을 채웠고, 부모님은 다시 내 서랍을 털어 갔다. 나는 역시 아무 반응을 보이지 않았다. 부모님도 내가 일부러 무반응 전략을 택했다는 걸 눈치챘다. 그 뒤로 내가 채워 놓은 서랍을 털어 가는 일이 반복되고 있지만, 나는 꿋꿋이 계속 과자를 채워 넣을 뿐이다. 항의 한마디 없이. 부모님이 포기하기를 바라며. 항복할 생각은 없다.

대상부터 클릭했다. 이게 50만 원짜리라는 거지. 생각보다 그렇게 전문적이지는 않았다. 나는 금상, 은상, 동상 순으로 내려가며 영상을 훑었다. 민서 말대로 그림을 활용한 영상이 많았다. 이모티콘 같은 간단한 그림을 움직여 가며 내레이션을 하거나, 줄거리를 소개할 때 그림을 활용하기도 했다.

채널 소개를 보니 청소년의 독서 문화 진흥을 위한 대회라고 나와 있었다. 북튜브가 정말 그런 일을 할 수 있을까? 평소에 북튜브라는 걸 보는 사람들이 있긴 할까?

북튜브를 검색했더니 내 생각이 무색할 정도로 수많은 영상이 나왔다. 추천 영상들은 조회 수가 몇만 회 정도는 되었다. 책을 읽고, 다른 사람들에게 책을 추천하고, 그 말에 귀 기울이는 사람들이 세상에는 있다. 그것도 꽤 많다.

나도 한때는 그랬는데.

그레텔의 책집.

그레텔.

예담이.

기억이 꼬리를 물기 시작했다.

창문을 활짝 열었다. 서늘한 바람이 들어와 방을 한 바퀴 휘돌았다. 침대에 눕자 파란 하늘이 조그맣게 보였다. 나머지 하늘은 길 건너 아파트가 가려 버렸다.

나는 초코하임을 꺼내 바작바작 씹었다. 자꾸 떠올라 이어지는 기억을 부숴 버리려면 바작거리는 소리와 씹어 부스러뜨리는 감각이 필요하다.

연갈색 과자 부스러기가 침대에 떨어져 내렸다. 나는 다시 한 봉을 뜯었다.

책

가을비가 추적추적 내리는 길을 걸어 학교에 도착했다. 교실에 우산꽂이가 있는데도 교실 뒤에는 우산 몇 개가 활짝 펼쳐져 있었다.

나는 우산을 대충 말아서 우산꽂이에 꽂았다. 우산꽂이는 벌써 반 정도 차 있었다. 축축한 우산들은 온종일 빗물을 묻힌 채 구겨져 있을 것이다.

아이들도 축축해진 교복을 입고서 책상과 의자 사이에 자기 몸을 구겨 넣은 채 앉아 있었다. 하지만 몇몇 아이들은 활짝 펼쳐진 우산처럼 교실을 활보하고 다녔다.

자리에 앉자마자 민서가 교복을 펄럭이며 다가왔다. 민서는 책 한 권을 내 책상 위에 올려놓았다. 태린이가 그림자처럼 뒤에 서 있었다. 오늘도 태린이는 나를 바라보지 않았다.

민서는 책을 읽고 이번 주말까지 그림을 그려 달라고 했다. 공모전 마감은 2주 뒤였다. 중간고사 때문에 시작이 늦어졌는데, 편집도 해야 해서 내게 줄 시간은 더 없다고 했다.

"책도 읽어야 하는 거야? 나도? 난 그림만 그리는 거 아니었어?"

"당연하지 않아? 북튜브 대회잖아. 그림을 그리려고 해도 읽어야 그리지."

난 그저 아이들이 그려 달라는 장면만 그리면 되는 줄 알았다.

"나 책 못 읽는데."

"안 읽는 것도 아니고, 못 읽는 건 뭐야?"

민서가 어리둥절해하며 물었다.

"너 책 좋아했잖아."

태린이가 약간 쏘아붙이는 듯한 말투로 말했다. 같은 반이 된 이후 처음으로 나에게. 태린이는 나에게 말하면서도 여전히 다른 곳을 보고 있었다. 나와 눈을 마주치면 돌이라도 된다고 생각하는 건지.

태린이 말을 들은 민서가 미끼를 문 듯이 나를 향해 고개를 홱 돌렸다. 민서는 이제 마구 물어 댈 것이다. 책 좋아했으면서 왜 못 읽는다는 거냐, 이유가 뭐냐.

"읽을게."

얘기가 길어지는 게 싫어서 책을 집어 들었다.

6학년 겨울에 그 사고가 일어난 뒤로, 나는 그렇게 좋아하던 책도, 서점 나들이도 다 끊어 냈다. 책이 싫어졌다. 모든 게 책 때문인 것 같았으니까. 책만 아니었다면 일어나지 않았을 일들. 이제 내가 가진 유일한 책은 교과서다. 그나마도 읽지는 않고 읽는 척만 한다.

1교시가 시작되었다. 맨 뒷자리인 나는 교과서를 세워 병풍을 만들고는 책을 올려놓았다. 병풍을 만든 것 자체가 딴짓하고 있다는 뜻이지만, 사회 선생님은 아이들이 딴짓해도 잘 잡지 않는다.

책 제목은 '골키퍼'였다. 축구 얘기인가. 민서가 골랐나 보다.

표지에 축구 골대가 그려져 있는데, 골대 앞에 한 아이가 뒤돌아서 있었다. 그리고 축구공들이 아이를 향해 날아가고 있었다.

표지를 넘겨야 한다. 하지만 나는 손을 갖다 댈 수 없었다. 책이라는 물건 자체에 자꾸 거부감이 들었다. 한때 내가 이 물건을 손에서 놓지 않고 지냈다는 걸 믿을 수 없다. 나는 계속 표지를 노려봤다. 이건 종이와 잉크와 풀이 모인 것뿐이라고 생각해 봐도 소용이 없었다. 그러다 1교시 끝나는 종이 울렸다.

2교시에도 나는 표지를 노려봤다. 그러다 문득 저 아이는 왜 뒤돌아 있을까 하는 의문이 생겼다. 골대를 마주 보고 있는 골키퍼라니. 그걸 이제야 알아차렸다는 게 스스로 놀라울 정도였다. 그리고 축구공은 왜 하나가 아니지?

결국 호기심이 거부감을 이겼다. 나는 조심스레 표지를 넘겼다.

1장. 주인공은 김은한. 중학교 2학년이다. 축구부에서 골키퍼를 맡고 있다. 김은한이 승부차기에서 결정적인 공을 막아 낸 덕분에 경기에서 이겼다. 경기가 끝나자 같은 팀 선수들이 모두 달려와 네 덕분에 이겼다며 고맙다고 한다. 훈훈하네. 김은한이 환하게 웃으며 끝.

1장을 읽고 나니 줄거리가 대충 그려졌다. 김은한의 라이벌이 생길 테고, 후보 선수로 물러날 테고, 열심히 연습해서 다시 자리를 찾는 그런 뻔한 내용일 것 같았다. 주인공이 공격수가 아니고 골키퍼라는 점은 조금 특이하지만.

2장. 첫 문장에서 김은한은 축구장이 아니라 장례식장에 서 있다. 김은한의 엄마가 죽었다. 갑자기, 싶었는데 투병 생활 3년째였다고 했다. 1장을 읽는 동안에는 아픈 엄마가 있는지 전혀 몰랐다. 그저 해맑기만 한 주인공이었는데. 알고 보니 김은한은 축구를 하는 동안에는 아픈 엄마를 잊을 수 있었다. 오로지 축구 경기 중에만.

나는 책을 덮었다. 뒤표지 글이 눈에 들어왔다.

엄마의 죽음을 맞이한 청소년. 아픔을 이겨 내려는 소년의 처절하고도 감동적인 도전

책은 이렇게나 잔인하다. 이야기라는 건 죄다 이 모양이다. 누군가의 가장 비참한 순간, 가장 괴로운 순간, 가장 슬픈 순간을 뚝 떼어 내서 현미경으로 확대해 세세히 기록한 것들.

현실에서 죽음은 감춰져 있다. 병원 지하에 있는 장례식장, 도시와 거리를 둔 봉안당, 산에 가야 볼 수 있는 무덤들, 죽음에 관해 이야기하기를 꺼리는 사람들. 그러나 이야기 속 죽음은 가까이 있다. 책 속에, 드라마에, 영화에, 노래 가사에. 예고 없이 훅! 나를 덮친다.

쉽게 죽음을 이야기하는 사람들.

나는 책을 서랍 안에 최대한 깊이 밀어 넣었다.

쉬는 시간이 되자마자 민서 자리로 가서 책을 내려놓았다. 의도하지 않았는데 책이 미끄러지면서 던진 것처럼 되어 버렸다. 민서 볼펜이 책에 밀려 교실 바닥으로 떨어졌다.

"벌써 다 읽었어?"

민서가 볼펜을 주우며 물었다.

"나 안 할래."

민서가 인상을 쓰고 나를 올려다봤다.

"안 하다니?"

"책이 마음에 안 들어. 내 그림이 꼭 필요하면 책을 바꿔."

민서가 나를 순순히 놔주리라고 생각하지는 않아서 나도 대안을 마련해 뒀다. 북튜브 대회에서 선정한 도서는 다섯 권이었다. 이 책이 아니더라도 다른 책을 고르면 된다.

민서가 자리에서 벌떡 일어났다.

"내가 다른 책은 안 본 줄 알아? 벌써 다 훑어봤는데 너무 어렵거나 지루해. 이 책이 할 말이 제일 많아. 이 책만 주인공이 중학생이고, 다른 책은 다 고등학생이 주인공이야. 축구나 죽음에 대해서 할 말도 많고. 뭐가 마음에 안 드는데? 구체적으로 말해 봐."

민서는 화가 나 씩씩거리면서도 또박또박 할 말은 다 했다.

나는 바로 그 죽음, 때문이라고 얘기할 수 없었다.

"그만둘래."

"양똘!"

"야!"

"뭐!"

"됐어."

큰 소리에 반 아이들이 나를 흘깃거렸다. 자리로 돌아가다 세준이와 눈이 마주쳤다. 나보다 세준이가 먼저 시선을 돌렸다.

"양똘! 왜 친구랑 싸우고 그래? 사이좋게 지내야지."

지후가 장난스럽게 말했다. 하필 얘는 왜 내 앞자리일까. 발로 차 멀리 날려 버리고 싶었다. 이번에도 하려면 할 수 있을 것 같은데.

똑같이 양똘이라고 불러도 지후가 부르는 것과 민서가 부르는

것은 전혀 달랐다. 지후의 말은 내 귀를 스쳐 지나가지만 민서의
말은 내 귀에 콕 박혔다. 어쩌면 마음에. 이틀 사이에 정이라도
들었는지.

한심하다. 내가.

양똘

3월 말 체육 시간이었다. 나는 어떤 핑계로 수업을 빠질까 궁리하고 있었다. 배가 아프다고 할까, 머리가 아프다고 할까. 머리쪽으로 마음이 기울었을 때, 누가 내 등을 확 밀었다. 영화나 드라마에서는 주인공이 넘어지기 전에 잡아 주던데, 나는 철퍼덕 소리를 내며 운동장에 넘어졌다. 땅바닥에 무릎까지 찧었다.

"괜찮아?"

하늘에서 손이 내려왔다. 손가락이 긴 손이었다.

손의 주인은 세준이였다. 세준이는 지후와 장난치다 밀려서 나를 민 것 같았다. 사실 그때까지 걔 이름도 몰랐다. 그런데 순간 세준이 얼굴에서 환한 빛이 났다. 심장이 쿵 떨어지고 숨이 멎는 듯했다. 몇 초의 짧은 순간이 지금도 생생하다.

난 얼떨결에 손을 잡고 일어나려 했지만, 세준이는 내 무게를 이기지 못하고 휘청거렸다. 내가 손을 떼려고 하자, 세준이는 두 손을 모아 내 손을 잡고 일으켜 줬다.

그 뒤 내 온 신경은 세준이를 향했다. 이건 다 햇빛의 장난일 뿐이라고, 우연히 세준이가 선 위치가 얼굴이 빛날 각도였을 뿐이라고 마음을 다잡아 봤지만 소용없었다. 세준이가 좋아진 뒤로는 학교 가는 일이 힘들지도 않았다. 교실에서 온종일 한마디도 하지 않고 집으로 돌아오는 생활도 그리 나쁘지 않았다. 교실에는 세준이가 있으니까.

날마다 나는 볼록한 세준이 뒤통수와 수많은 대화를 나눴다.

그러다 5월 4일이 세준이 생일이라는 걸 알게 되었다. 세준이, 한영이, 지후가 생일 주말에 뭘 하고 놀지 의논하는 소리를 들어서였다.

생일이라는 말을 듣자마자 나는 생일 선물을 떠올렸다. 꼭 선물을 주고 싶었다. 머리는 이러면 안 된다고 했지만, 심장이 자꾸 나를 흔들어 댔다. 그때 머리가 하는 말을 들어야 했는데.

나는 작은 선물을 준비했다. 꽤 비싼 고급 샤프였다. 세준이는 볼펜보다는 샤프를 많이 썼다. 내가 선물한 샤프를 한 번이라도 쓰는 모습을 볼 수 있다면, 세준이 필통 속에 그 샤프가 한 번이라도 들어가 있을 수 있다면, 그것만으로도 더 바랄 게 없을 듯했다.

5월 4일 월요일 점심시간. 급식실에 가는 척하다 교실로 돌아왔다. 가방에서 선물 상자를 꺼내고, 복도까지 살피고, 조심스레 세준이 자리로 다가갔다. 심장이 입 밖으로 튀어나올 것 같다는 게 이런 느낌이구나 느끼며. 가방에 넣어 두면 집에 가서 보겠지 싶었다.

겨우 가방 지퍼까지 손이 닿았는데 너무 시간을 끌었는지 복도가 시끄러워졌다. 벌써 밥을 먹은 아이들이 돌아오기 시작한 거다. 그것도 하필 촐싹거리는 한영이 목소리가 들렸다. 한영이 옆에는 세준이가 있을 터였다. 나는 아이들이 그렇게 빨리 밥을 먹어 치우는지 몰랐다. 식판을 통째로 마시기라도 한 건지.

그때 선물을 들고 되돌아왔어야 했다. 그랬다면 내 학교생활은 훨씬 편했을 거다. 하지만 선물을 전달해야 한다는 생각밖에 없었던 나는 세준이 서랍에 급히 선물을 넣어 버렸다.

얼른 자리로 돌아와 이어폰을 끼고 책상에 엎드리기 직전, 세준이 책상 서랍에서 파란 리본이 비죽 튀어나와 있는 게 보였다. 저거 하나 제대로 못 넣다니. 내가 한심스러워 죽을 것 같았다.

그래도 엎드려 자는 척했다. 할 수 있는 일은 그것밖에 없었다. 만일 지금 교실을 뛰쳐나간다면 저 선물은 내가 넣었다고 광고하는 거나 다름없었다.

문 여는 소리, 발소리, '어어' 하는 소리가 났다.

"누가 준 거지?"

세준이가 말했다.

"쟤 아냐?"

한영이는 작은 목소리로 말했지만, 나는 알아들을 수 있었다. 내 이어폰에서는 아무 소리도 나오지 않았으니까. 이어폰 줄의 끝은 주머니 속에 들어 있었다.

"에이."

"맨날 너 보고 있던데?"

"그랬어?"

내가? 어쩌면 그랬을지도 모른다. 한영이 눈에 보였으면 다른 아이들도 이미 알고 있을까. 얼굴이 달아오르기 시작했다. 귀까지 빨개지면 안 되는데. 나는 아주 느린 속도로 얼굴을 더 깊이 파묻었다.

세준이가 뭐라 답할지 긴장하고 있다가 그 말을 들었다. 작지만 또렷하게.

"불쾌하다."

세준이와 한영이가 킥킥거리며 웃었다.

스으윽. 온몸에서 피가 빠져나가는 기분이 들었다.

불. 쾌.

내가 누구를 좋아하는 일이 상대방을 불쾌하게 할 수도 있구나. 난 그런 사람이구나. 눈물이 터져 나왔다. 그 와중에도 우는 걸 들키지 않으려고, 몸을 들썩이지 않으려고 애썼다.

그러다가 나는 벌떡 일어나 세준이 책상을 차 버렸다. 책상은 우당탕 소리를 내며 쓰러졌고, 막 교실로 들어서던 아이들의 비명이 교실을 가득 채웠다.

사람들이 아는 이야기.

그리고 숨어 있는 이야기.

"불쾌하다."

세준이와 한영이가 킥킥거리며 웃었다.

"쟤 밥 먹는 거 봤어? 돼지갈비를 산처럼 쌓아 놓고 뜯는 거."

세준이 말에 한영이가 웃었다.

세준아, 너도 날 보고는 있었구나. 그런데 왜 하필 돼지갈비가 나온 날이었니. 흐르던 눈물이 더 굵어졌다. 이대로 눈물로 나를 다 내보내고 나는 사라지고 싶었다.

절대, 맹세코, '산처럼'은 아니었다. 내가 더 달라고 하지도 않았는데 나한테만 두 번 갈비를 떠 줬다. 남기는 건 예의가 아니어서 다 먹었을 뿐이다. 민서 말대로 우리 학교가 돼지갈비 맛집이기도 했고.

"야, 고울이한테 너무 그러지 마. 우리 엄마가 고울이 잘 있느냐고 아직도 물어보잖아."

"왜?"

"너 그 사고 몰라? 예담이. 왜, 우리 6학년 때 교통사고. 나 그 때 고울이랑 같은 반이었거든."

"그 사고는 알지. 근데 그 사고가 왜?"

"사고 현장에 고울이가 같이 있었잖아. 그때 충격받아서 고울이가 저렇게 된 거야. 갑자기 엄청나게 살찌고, 학교에서 말도 안 하고."

"대박. 걔가 고울이였어? 혹시…… 그…… 잉어빵? 얼빠진 애?"

"맞아. 너도 블랙박스 봤냐?"

"봤지! 그때 애들이 엄청 보내 줬잖아. 차에 치이는 게 그대로 찍혔잖아. 완전 리얼하게."

"윽! 난 그런 영상 보면 속 안 좋더라. 그때 며칠은 악몽 꿨어."

"그래? 오케이. 드디어 박한영 약점 찾았다. 내가 그 영상 금방 찾아서 보여 주마."

"야! 나 안 본다니까?"

"왜애? 오랜만에 한번 보자."

세준이의 웃음소리, 부스럭부스럭 주머니 뒤지는 소리.

나는 더 참지 못하고 벌떡 일어나 세준이 자리로 달려갔다. 그리고, 책상을 발로 찼다.

쾅!

내 몸속에 숨어 있던 괴력이라도 나타났는지 세준이 책상은 옆 책상까지 넘어뜨리며 넘어졌다. 교실로 들어서던 아이들이 비명을 질러 댔다. 파란 리본을 단 선물 상자가 바닥으로 굴러떨어졌다.

나는 세준이와 한영이를 노려봤다. 두 아이는 멍한 얼굴로 입을 헤 벌린 채 나를 보고 있었다. 세준이의 얼굴이 점점 발갛게 달아올랐다. 그래, 내가 다 들었다.

나는 선물을 주워 들고 내 자리로 돌아왔다.

"와! 양고울 힘 장난 아니다."

"고울이가 세준이한테 선물 준 거야?"

아이들이 수군댔다. 그래, 실컷 떠들어라.

나는 책상에 엎드리지 않았다. 교실을 나가지도 않았다. 내 자리를 지키고 앉아 있었다. 아이들이 수군거리든 말든.

어느 곳에도 연결되지 않은 이어폰 줄이 의자 아래로 달랑거렸다.

"외계 소리라도 듣나 봐."

누가 말하자 몇몇 아이가 웃었다.

어쩌면 그냥 넘어갈 수도 있는 일이었다. 하지만 누가 담임에게 얘기했고, 우리 셋은 상담실로 불려 갔다.

"고울아, 무슨 일이야? 있는 듯 없는 듯 있다가 왜 갑자기 사고를 쳐? 다이어트 때문에 예민해진 거 아니지?"

다이어트, 다이어트. 선생님은 몇몇 아이한테만 관심이 있다. 나머지 아이들은 몇 개 단어로만 기억하는 것 같다. 나는 다이어트라는 단어로 선생님 머릿속에 저장된 듯하다.

선생님이 크게 문제 삼을 것 같지는 않았다. 말투가 가벼운 걸로 봐서는 내가 왜 책상을 찼는지 궁금해서 부른 느낌이 들었다.

나는 대답하지 않았다.

톡톡톡, 조용한 상담실에 선생님이 손톱으로 테이블 두드리는 소리만 울렸다. 은근히 신경을 긁는 소리였다.

한영이가 내 눈치를 쓱 보더니 말했다.

"별일 아니었어요. 사실, 고울이가 세준이에게 선물을 줬는데, 세준이가…… 불쾌하다고 했어요. 그 말을 듣고 고울이가 화가 났나 봐요. 저희는 고울이가 듣고 있는 줄 몰랐어요. 저희가 잘못했습니다."

"허."

선생님의 감탄사는 '허허허'의 줄임말로 들리기도 했다.

박한영. 비겁한 놈. 그 뒤 이야기는 꺼내지도 않았다.

나는 세준이를 바라봤다. 선생님에게 진짜 이유를 말할 줄 알았지만, 세준이는 당황한 눈으로 한영이를 보다가 고개를 숙였다. 이대로 넘어가려는 거다.

'불쾌하다' 때문이 아니었다. 둘은 내가 왜 책상을 발로 찼는지 정확히 알고 있다.

나는 말해야 했다.

불쾌하다, 그건 넘어갈 수 있어요. 기분이 나빴지만, 불쾌하게 생각할 수도 있다는 거 이제 알아요. 저도 이제 쟤가 날 좋아한다고 하면 불쾌할 거거든요.

그런데 애들이 그 영상을 찾아보려고 했어요. 장난으로요. 어떻게 그럴 수 있나요? 그 사고로 사람이 죽었는데…….

하지만 나는 말하지 않았다. 아니, 말할 수 없었다. 부모님이 아닌 다른 사람 앞에서 사고 이야기를 꺼내 본 적이 없었다.

"세준! 친구의 순수하고 소중한 마음을 그렇게 깔아뭉개? 어서 사과해."

순수? 소중한 마음? 듣자마자 소름이 돋았다. 당장 일어나 선생님 입을 막아 버리고 싶었다.

"고울아, 미안해."

세준이가 몹시도 예의 바른 목소리로 말했다. 내가 그동안 좋아했던 그 목소리로. 난 세준이를 한 달 넘게 좋아했는데, 항상 지켜봐 왔는데, 왜 몰랐지? 세준이가 겨우 이런 아이라는 사실을.

"고울아. 그렇다고 너도 책상 찬 행동 잘했다는 거 아냐. 너도 사과해."

"미안해."

선생님 말에 1초도 망설이지 않고 말해 버렸다. 이딴 거 얼른 끝내고 싶었으니까.

그 뒤 내가 세준이를 좋아했다가 선물을 거절당하자 책상을 발로 찼다는 소문이 돌았다. 억울하고 답답했지만 사실을 밝히려면 예담이 이야기를 해야 해서 나는 소문을 바로잡는 걸 포기했다. 그리고 설사 말한다고 해도 누구에게 해야 할지 몰랐다. 이 교실에서 누가 내 말을 들어 줄까?

양고울 또라이 아냐? 누군가의 입에서 나온 말이 아이들의 입을 옮아 다니며 조금씩 모양을 바꾸더니 마지막에는 '양똘'이 되었다.

그렇게 나는 우리 반 성격 파탄의 아이콘이 되었다.

잉어빵

어제 나를 양똘이라고 부르며 화를 내던 민서는, 오늘은 흘깃 흘깃 내 자리를 보며 말 걸 타이밍을 잡고 있다. 다시 북튜브를 잘해 보자고 설득하려는 것 같았는데 별로 듣고 싶지 않았다. 나는 쉬는 시간마다 이어폰을 낀 채 책상에 엎드렸다.

집에 가는 동안 무겁고 낮게 가라앉은 구름 아래를 걸었다. 또 비가 올 듯하다. 눈은 언제 올까. 아직 10월이니 멀었겠지. 어서 눈이 와 세상을 두껍게 덮어 줬으면 좋겠다. 고요하게. 아무 움직임이 느껴지지 않을 정도로.

오른쪽에서 이상한 느낌이 들어 돌아보니 민서가 내 옆에서 걷고 있었다. 웬일로 태린이가 옆에 없었다. 민서는 내 마음이라도 들여다본 듯, 태린이는 학원에 갔다고 말했다.

"잉어빵 먹고 가자. 저기가 잉어빵 맛집이잖아. 지난번에 맛있었지?"

민서는 빼빼 말랐으면서도 맛집이라는 말을 입에 달고 사나 보다. 그런데 지난번에 내가 그 잉어빵에는 손도 대지 않았다는 길 전혀 눈치채지 못한 듯하다.

"괜찮아."

"내가 안 괜찮아. 제발. 응?"

민서가 갑자기 내 팔에 매달리며 애원하듯 말했다. 당황한 나는 민서와 함께 잉어빵 가게 앞까지 걸어갔다. 숨을 멈추고 서 있었지만 1분도 참지 못하고 숨을 쉬고 말았다. 토할 것 같은 냄새. 스테인리스 선반 위에 가지런히 세워진 잉어의 눈알이 나를 보는 것만 같다.

민서가 돈을 내는 동안 주인이 나에게 잉어빵 봉지를 건넸다. 손이 조금씩 떨렸다. 나는 얼른 민서에게 봉지를 넘기고 길 건너로 뛰었다. 민서가 내 이름을 부르며 뛰어왔다.

우리는 다시 민서네 아파트 놀이터로 갔다. 예담이가 살던 곳. 사고 이후 예담이네가 이사 갔다는 소식은 들었다.

민서는 내가 먹기 싫은 것, 내가 있고 싶지 않은 곳, 내가 읽고 싶지 않은 책을 쏙쏙 골라서 내민다. 귀신같이. 얘는 정말 뭘까.

"혹시 말이야, 너 이 책이 죽음에 관한 이야기라서 하기 싫은 거야? 태린이가 그러더라고. 아무래도 그 사고 때문에 그런 것 같다고. 나도 그 사고는 아는데 너랑 관련된 줄은 몰랐어. 미안."

얘는 어쩜 이럴까. 어떻게 아무 망설임 없이 이런 이야기를 내게 할 수 있을까.

민서가 잉어빵을 나에게 내밀었다. 나는 고개를 저었다. 민서는 입을 비죽이더니 잉어빵을 한 입 베어 물었다. 잉어 살이 부서지는 소리가 났다. 비늘이, 뼈가, 내장이 민서 입 안으로 들어가고 있다. 나는 고개를 돌렸다.

"그래도 같이 하자."

민서는 다시 『골키퍼』 책을 내밀었다. 어이가 없었다. 책이라도 바꾸고 같이 하자 그러든지.

"네가 꼭 해야 한다는 생각이 들더라. 이건 운명 같은 거지. 너 끝까지 안 읽었지? 이 책 너한테 딱 필요한 책이야. 이 책이 결국 하는 얘기가 그거거든. 피하지 마라. 평생 도망칠 거냐? 도망치는 데도 많은 에너지가 든다. 그 에너지를 차라리 지금을 사는 데 쏟아라."

민서 말을 들으니 소설책이 아니라 자기 계발서인가 싶었다. 그것도 엉터리 자기 계발서. 아예 에너지가 없는 사람들은 어쩌라고? 무조건 부딪치는 게 정답이 아닌 때도 많다. 부딪치다가는 자기가 부서져 버릴 것 같은 때도 많다.

그리고 난 피하는 것도, 도망치는 것도 아니다. 난 그냥 지금을 살고 있다.

"난⋯⋯."

"학원 늦어서 먼저 갈게. 일단 한번 읽어 보기라도 해 봐. 내가 부탁할게. 응? 북튜브도 다시 같이 하는 거야!"

민서는 거절할 틈을 주지 않으려는 듯 책과 잉어빵 봉지를 안기고 달려갔다.

나는 남의 아파트 놀이터에 멍하니 앉아 있었다. 익숙한 미끄럼틀, 익숙한 시소, 익숙한 그네. 초등학교 2, 3학년쯤 되어 보이는 아이들이 비명을 지르며 뛰어다니고 있었다. 벤치 앞에서는 딱딱 소리를 내며 딱지치기하는 아이들 서넛, 미끄럼틀 뒤로는 탕탕 공을 튀기며 피구를 하는 아이들까지. 아이들은 바뀌어도 놀이는 그대로다. 여기서 공놀이하지 말라는 코팅된 종이는 아직도 붙어 있을까.

미끄럼틀 안에 낙서도 남아 있을까? 그 낙서는 예담이와 내가 한 것이다. 둥글게 말려 있는 미끄럼틀 중간에 발로 멈춰 서서 낙서했다. 5학년 때 우리 반에서 우리가 싫어한 아이들 이름과 욕이었다. 손톱만 하게 써서 이 글씨를 볼 수 있는 사람은 없을 거라며 미끄럼틀 안에서 깔깔 웃었다. 웃음소리가 둥글게 둥글게 퍼져 나가던 느낌이 지금도 생생하다.

잉어빵이 두 개 남은 봉지에는 아직도 온기가 남아 있었다. 양손에 잉어빵을 든 채 예담이를 보고 있던 그날이 떠올랐다. 손안에서 으스러지던 잉어빵이 지금도 생생히 느껴졌다.

나는 잉어빵 봉지를 쓰레기통에 넣고 손을 바지에 수십 번 문지른 뒤 집을 향해 걸어갔다.

'이 책 너한테 딱 필요한 책이야.'

민서 말을 듣고 가장 먼저 든 생각은 이거였다.

네가 뭘 알아?

나는 책을 무시하려 했다. 그대로 갖고 있다가 내일 아침이 되면 민서 자리에 올려놓으리라. 그런데 계획과 달리 내 눈은 책이 들어 있는 책가방으로 자꾸 향했다. 아무래도 민서 말에 말려들어 버린 듯하다. 조금만, 아주 조금만 읽고 덮어야지. 결국 나는 책을 펼치고 말았다.

주인공 김은한이 축구를 시작한 계기가 회상 장면으로 나왔다. 김은한은 어릴 때부터 주말이면 집 앞 중학교 운동장에서 엄마와 자주 축구를 했다. 엄마는 중학생 때까지 축구 선수였다. 큰 재능은 없어서 선수 생활을 계속하지는 못했지만, 축구 학원에서 코치로 일했다. 자연스레 김은한도 축구에 푹 빠지게 되었다.

하지만 김은한은 엄마가 죽고 난 뒤부터 공을 피하게 된다. 피구도 아니고 축구 선수가 공을 피하다니. 그것도 공을 온몸으로 막아야 하는 골키퍼가.

김은한은 빠르게 날아오는 공이 두렵고, 공을 향해 몸을 날리는 일이 두렵다. 공에 맞는 순간, 몸이 바닥에 부딪히는 순간, 자신이 부서지고 깨질 것 같다고 생각한다. 점점 수축하여 뼈와 피부만 남았던 엄마처럼. 결국은 재가 되어 버린 엄마처럼.

슬럼프가 길어지자 주위 사람들이 나선다. 어떻게 해서든 주인공을 돕고자 한다. 그거 다 네 착각이라고, 이겨 내면 된다고, 그게 엄마가 원하는 일일 거라고 이야기한다.

정신력을 강조하는 사람들 때문에 나는 가슴이 답답했다. 그럴 힘이 조금도 남아 있지 않은 사람들은 어떡하라고?

역시나 김은한은 아무에게도 이해받지 못한다는 생각에 더 괴로워진다. 축구부 감독이 나름 충격 요법이랍시고 엄마 죽은 사람이 세상에 너 하나냐, 나도 엄마가 죽었다, 라고 막말을 해서 김은한은 마음의 문을 더 굳게 닫고 만다.

김은한은 경기장 밖에서 무기력하게 경기를 바라본다. 엄마를 데려간 걸로 부족하냐고, 축구까지 빼앗아 갈 거냐고 화를 낸다. 그게 누구를 향한 감정인지도 모르는 채로.

김은한은 한동안 축구를 멀리한다. 축구부에서도 나오고, 축구 경기도 보지 않는다.

어느새 책의 반을 읽었다.

안개

저녁상에 전복미역국이 올라왔다. 오늘은 엄마 생일이다. 알고 있었다. 티를 내지 않았을 뿐.

화기애애한 부모님과 조용히 밥을 많이 먹는 나. 우리 집 식탁은 늘 이런 모습이었는데, 아빠는 엄마 생일을 의식한 듯 자꾸 나에게 말을 걸었다. 오늘만큼은 엄마에게 화목한 가정을 선물해 주고 싶은 것 같았다.

울아, 요즘 학교생활은 어떠니

반에서 누구랑 친하니

담임 선생님은 어때

수학 어렵지 않아

가고 싶은 학원 없어

배우고 싶은 건

아빠는 혼자 랩을 하고 있다. 곡 제목은 '청소년에게 절대 묻지 말아야 할 것들'이다. 나는 경청하지만 호응하지 않는다. 쫄깃한 전복의 식감에 더욱더 집중하며 꼭꼭 씹는다. 씹고, 또 씹고. 국그릇에서 전복이 다 사라졌다. 고개를 빼고 국 냄비를 살폈다. 저기엔 남아 있을지도 몰라.

국을 더 뜨러 식탁에서 일어나려는데 아빠가 내 국그릇을 잡았다.

"내 말 안 들려?"

"잘 들려."

아빠가 입을 꾹 다물고, 코로 길게 숨을 내쉬었다. 화를 참아 보려는 시도다. 성공하려나.

"우리도 이제 지친다, 울아. 사고 난 지 벌써 2년이 다 되어 가. 예담이 가족도 지금쯤이면 다 괜찮아졌을 거야. 넌 왜……."

아빠가 말을 멈췄지만 남은 말이 귀에 들려왔다. 아직도 그 모양이니?

엄마가 아빠 팔을 잡았다. 그만하라는 신호다.

나는 밥그릇과 국그릇, 수저와 컵을 싱크대에 넣고 방으로 들어왔다.

넌 왜 아직도.

난 왜 아직도.

정말 모두 지나간 일일까? 하지만 난 아직 그 사고 속에서 살고 있는데.

부모님은 결코 알 수 없을 거다. 그 사고가 그 뒤로 나에게 어떤 영향을 끼쳤는지. 지금도 끼치고 있는지.

6학년 겨울 방학 하루 전, 예담이는 교통사고를 당했다.

예담이가 혼수상태에 빠져 있는 동안 우리 학교 아이들 사이에 블랙박스 영상이 돌았다. 우리 반 채팅방에도 그 영상이 올라왔다. 차에 부딪치는 예담이와 쓰러진 예담이를 보고 있는 내가 고스란히 담겨 있었다. 화질이 얼마나 좋은지 내가 손에 쥔 잉어빵까지 선명히 보였다.

나는 그 채팅방에 내가 알고 있는 모든 욕을 퍼부었다. 손이 덜덜 떨려서 자꾸만 오타가 났지만, 오타가 난 욕까지 그대로 보냈다. 나를 말리던 아이들이 질릴 정도로 욕을 토해 냈다. 그리고 실제로도 먹은 것을 침대 위에 다 토하고 말았다.

나는 치울 생각조차 하지 못하고 그대로 앉아 있었다. 그때 한 아이가 글을 올렸다.

> 욕하는 거 봐라. 예담이 너랑
> 만나다 사고 난 거라며?

> 예담이가 왜 너 같은 애랑 놀아서.

나는 그대로 휴대폰을 던졌다. 벽을 맞고 떨어진 휴대폰은 액정에 거미줄처럼 금이 갔다.

너 같은 애.

나 같은 애?

예담이는 공부를 잘했고, 반에서 인기도 많았다. 나는 공부도 못하고, 친구 사귀는 일이 늘 힘들었다. 하지만 예담이하고는 5학년 때 짝이 된 이후로 6학년이 되어 반이 갈라진 뒤에도 계속 친했다. 그게 왜?

토해 놓은 침대와 깨진 휴대폰 때문에 부모님도 채팅방을 보게 되었다. 놀란 부모님은 휴대폰과 태블릿을 가져가 버렸다. 당분간 그런 것들에서 떨어져 있으라고 했다.

그날 밤. 화장실에 가려다 부모님이 나지막이 나누는 대화를 들었다. 안 들었으면 좋을 말들을.

"왜 우리 울이가 그런 소리까지 들어야 해? 애들은 전후 파악이 안 되니까 그런다고 쳐. 왜 학부모들까지 우리 울이 이름을 입에 올리느냐고. 예담이네만 안타까운 거야? 우리 울이는 사고 때문에 평생 트라우마를 안게 됐는데."

"우리가 가만히 있으면 안 돼. 채팅방에 있던 애들 다 학폭위에 신고라도 해야 해. 그 방에 울이 있는 줄 알면서 블랙박스 영상을 올린 거잖아. 그리고 우리 울이더러 너 같은 애라니? 아니, 우리 울이가 어떻다는 거야?"

"울이가 쓴 욕이 남아 있으니까 그건 좀 두고 보자고. 언어폭력으로 같이 말려들 수 있으니까."

"예담이가 조금 더 조심했어야지. 아무리 파란불이 들어와도 좌우를 살피고 건넜어야지. 걔는 왜."

"그러게 말이야. 8차선 도로를."

머리가 핑 돌았다. 왜 부모님은 예담이 탓을 하는 거지? 예담이는 분명 파란불에 횡단보도를 건넜다. 사고를 낸 건 음주 운전 차량이었다. 예담이는 피해자다. 그런데 왜……

우리 부모님이 한 말이라는 게 믿어지지 않았다. 부모님이 원칙을 강조해서 답답한 적은 많았지만, 그래도 난 우리 부모님이 좋은 사람이라고 믿고 있었다. 그런데 그 믿음이 순식간에 산산이 깨지고 말았다. 허허벌판에 혼자 내동댕이쳐진 기분이었다.

겨울 방학 내내 나는 집 밖으로 나가지 않았다. 학원도 다 그만뒀다. 아무도 만나고 싶지 않았다. 자꾸 속이 메슥거려서 밥이 먹히지 않았다. 그나마 바삭거리는 과자만 조금씩 먹을 수 있었다.

'너 같은 애'라는 단어가 머릿속을 떠나지 않았다. 놀이터만 내려다봐도 아이들이 다 내 얘기를 하는 것 같았다. 예담이가 고울이 만나러 갔다가 사고 났다며? 예담이가 왜 그런 애랑 놀았을까? 다들 이런 말을 나누는 것 같았다. 유치원생들도, 아장아장 걷는 아기들도 경비 아저씨도, 걷기 운동을 하는 할머니도.

시간이 지날수록 그 말이 진실 같았다. 예담이는 나하고 친구여서 사고가 난 거다. 그날 내가 서점에 가자고 하지 않았다면 사고는 일어나지 않았을 거다. 아니, 애초에 우리가 친구가 아니었다면 아무 일도 없었을 거다.

부모님은 절대 내 탓이 아니라고만 했다. 두 분이 그렇게 강조하면 할수록 나는 더 불안해졌다.

난 너무 무서웠고, 숨고만 싶었고, 진짜로 숨었다. 내 방에 안전하게.

그 방은 정말 안전했을까?

나는 졸업식에 가지 않았다. 할 수 있다면 중학교 입학식에도 가고 싶지 않았다. 하지만 부모님은 그건 절대 안 된다고 했다. 나가야 할 때라고.

입학식 전날 밤. 부모님이 내 휴대폰을 돌려줬다. 언제 갈았는지 새 액정이 반들반들했다.

내가 휴대폰을 켜려 하자, 부모님은 할 말이 있다고 했다. 예담이가 열흘 전에 세상을 떠났다는 이야기였다. 다음 날 학교에 가면 알게 될 일이니 미리 말해 준 것 같았다.

나는 멍했다. 내가 방에 숨어들면, 내가 보지 않는다면, 내가 듣지 않는다면, 바깥세상도 멈추리라고 생각했던 것 같다. 그러나 시간은 그대로 흘렀고, 예담이는 영영 떠났다.

휴대폰을 켜자 친구들의 메시지가 날아들었다. 어쩌다 사고가 났느냐고 묻는 메시지가 가장 많았다. 그 뒤로 내가 괜찮은지 묻는 메시지, 예담이 소식은 들었느냐고 묻는 메시지, 장례식에서 못 봤는데 따로 다녀갔는지 묻는 메시지 들이 이어졌다.

부모님은 일부러 나에게 알리지 않았다고 했다. 밥도 제대로 먹지 못하고 집에만 있는 내 상태가 너무 안 좋아서 더 무너질까 봐 알릴 수 없었다고 했다. 나중에 알려 줄 생각이었다고.

나중에? 나중 언제? 난 예담이가 세상을 떠난지도 모르고 어서 깨어나기를 기도하고 있었다. 세상에서 그보다 더 바보 같은 기도가 있을까.

예담이가 세상을 떠난 게 믿어지지 않았다. 정말 이 세상에 예담이가 없다고? 어떻게 그럴 수 있지? 예담이가 살아온 삶은 어떻게 되는 거지? 어떻게 여기가 끝일 수가 있지?

내 머리로는 죽음을 이해할 수 없었다.

장례식이라도 갔어야 했다는 생각이 자꾸만 들었다. 마지막 인사를 할 수 있었다면. 장례식을 알려 주지 않은 부모님에게 미치도록 화가 났다.

부모님은 다 나를 위해서였다고만 한다. 나를 지키기 위해서.

그래, 부모님은 언제나 옳지. 부모님은 나보다 이 험한 세상을 오래 살았으니까. 부모님은 나를 세상 어느 누구보다 사랑하니까. 세상을 전혀 모르는 나는 부모님이 하라는 대로 해야 하지.

중학교는 우리 집에서 걸어서 10분도 안 되는 거리에 있다. 이튿날, 부모님은 교문 앞까지 날 따라왔다. 그건 부모님이 옳았다. 부모님이 따라오지 않았다면 나는 분명 다른 길로 가 버렸을 거다. 입학, 학교, 수업. 그런 것들이 하나도 중요하게 느껴지지 않았다. 멍한 머리와 흐린 눈으로 빽빽한 안개 속을 걸어 다니는 듯했다.

운동장에서는 신입생들이 반별로 줄을 서고 있었다. 우리 초등학교 출신 아이들은 대부분 이 중학교로 오기 때문에 많은 아이가 눈에 익었다. 하지만 인사를 하고 지내던 아이들조차 나에게 거리를 뒀다. 나는 먼저 다가가서 인사할 용기가 나지 않았고, 그 아이들도 나에게 먼저 와서 인사하지 않았다. 흘깃흘깃 쳐다보는 눈길이 느껴졌지만 나는 누구와도 눈을 마주치지 못했다.

입학식이 끝나고 교실에 들어갔다. 빈자리에 앉아 있는데 뒤에서 어떤 아이의 말이 들려왔다.

"쟤가 걔야? 애들 연락 다 씹고 장례식도 씹은 애."

"어. 같이 있다가 사고 났는데도 잠수 탔대. 완전 배신 때린 거지. 예담이 사고랑 자기랑은 아무 상관 없다 이거지. 걱정해 주는 애들한테 욕도 했다더라?"

"나 그거 캡처 봤잖아. 와, 나 그런 욕은 또 처음 봤어."

"그 욕 캡처도 있어?"

나도 묻고 싶었다. 내 욕을 캡처한 게 있다고? 그걸 아이들이 돌려 봤다고? 내가 왜 욕을 했는지에 대해서는 아무 얘기도 하지 않고?

대화는 더 이어졌지만, 뒷이야기는 잘 들리지 않았다. 귓속에도 안개가 들어찬 것 같았다. 소리가 빠져나간 자리에 배신이라는 단어가 가득 채워졌다. 나는 예담이를 배신한 걸까?

난 계속 고개를 숙이고 있다가 집으로 돌아와야 했다.

그 뒤 학교생활은 첫날과 비슷했다.

2학년이 되면서 수군대던 애들과는 다른 반이 되었지만, 우리 반에는 태린이가 있었다. 태린이와 예담이는 6학년 때 같은 반이었다. 예담이가 태린이와 친해서 셋이 몇 번 같이 놀기도 했다. 셋이서 서점에 가기도 했고.

예담이 사고 이후로는 태린이와 얘기해 본 적이 없었다. 올해 같은 반이 된 뒤에도 마찬가지였다. 내가 먼저 피했는지, 태린이가 먼저 피했는지는 모르겠다. 태린이는 나에게 항상 화가 나 있는 것처럼 느껴졌다.

그러다 양똘 사건까지 일어났다.

아빠 말처럼 사고가 나고 시간이 많이 흘렀다. 그렇지만 나는 지금도 종종 그 횡단보도로 획획 끌려간다. 예담이는 떠났지만, 투명한 긴 끈이 나와 예담이를 연결하고 있는 것만 같다.

아빠의 화난 목소리가 방문을 넘어 들어왔다. 당신 생일인데도 저런다고. 아마 내 방문을 가리켰으리라. 엄마는 자기는 괜찮다고, 생일이 뭐 그리 대수로운 날이냐고, 우리가 조금 더 기다리자고 아빠를 다독였다. 우리는 부모 아니냐면서.

눈물겹구나.

부모님에게 난 가족이 아니라 돌봐 줘야 할 존재, 해결해야 할 문제인 것만 같다. 늘 그런 식이었다. 두 분이 머리를 싸매고 나에게 좋은 길을 정하고, 나를 길 위에 올려놓는다. 갈림길도 샛길도 없는 곧은길이다. 아무 생각 없이 걷기만 하라고 밀어 댄다.

부모님은 케이크도 먹을까? 초에 불을 붙이고 소원을 빌고, 후불어 촛불을 끌까? 다시 힘내 보자고, 망가진 고울이를 잘 고쳐 보자고, 노후도 잘 준비해 보자고 단합 대회라도 하려나.

나는 방문에 귀를 갖다 댔다. 엄마의 낮은 목소리가 들려왔다.

"우리 고울이 약한 아이 아니잖아. 지금은 사춘기까지 겹쳐서 저럴 거야. 조금만 참고 기다려 보자. 사춘기만 지나가면 다시 돌아올 거야."

돌아오다니? 내가 어디 가기라도 했나? 언제나 이런 식이다. 가만히 있어도 사춘기만 지나면 모든 일이 저절로 해결될 것처럼 말한다.

가끔은 화가 난다. 예담이는 이미 세상을 떠났는데 나는 왜 아직도 그날 그 자리에 서 있는 느낌일까. 왜 아직도 내 두 손은 뜨거운 잉어빵을 꼭 쥐고 있을까.

그리고 가끔은 예담이가…… 밉고 원망스럽다. 하지만 이런 생각이 들면 0.1초 내로 생각을 묻어 버린다. 목숨을 잃은 친구를 두고 할 생각이 아니니까. 그리고 내가 예전의 부모님과 비슷한 생각을 하고 있다는 걸 스스로 견딜 수가 없다. 살짝만 그런 생각이 머리를 스쳐 지나가도 죄책감에 가슴이 죄어 온다.

죽음은 종료다. 예담이의 삶은 종료되었다. 그렇지만 사람들의 기억 속에 남아 있다. 내 기억 속에도. 그건 얼핏 좋은 듯하지만, 잔인한 일이기도 하다. 내가 살고 있는 세상을 예담이는 결코 누리지 못한다는 사실을 날마다 떠올리는 것.

나는 아주 오래전부터 지금까지 지구에서 죽어 버린 수많은 사람을 종종 생각한다. 그들은 죽을 때 얼마나 당황했을까. 내가 더는 존재할 수 없다는 사실을 절실히 깨달았을 때 얼마나 겁이 났을까.

그런 생각을 하면 머릿속에 뿌연 안개가 끼는 것 같다. 몰아낼 수 없는 안개가.

골키퍼

교실에 들어서자 내 자리에 앉아 있는 짧은 스포츠머리가 보였다. 민서였다.

민서는 내가 도망칠 곳은 없다는 듯 내 자리를 점령한 채 이수와 얘기하며 웃고 있었다. 이수가 왼쪽으로도 고개를 돌릴 줄 아는구나. 난 이수와 저런 구도로 이야기해 본 적이 한 번도 없는데.

외국 사람 이름이 들리는 걸로 봐서 또 축구 이야기를 하는 듯했다.

"다 읽었어?"

민서가 눈을 반짝반짝 빛내며 물었다.

"응."

나는 최대한 무덤덤하게 대답했다.

"감동적이지 않아?"

민서는 자기의 선택과 추천이 옳았다는 걸 나에게 확인받고 싶은 듯했다. 나는 민서가 원하는 걸 주고 싶은 마음이 전혀 없었다.

"감동? 결말이 마음에 안 들던데."

"그래? 잘됐다!"

민서는 활짝 웃기까지 했다. 얘는 진짜 뭐지. 무슨 이런 반응을 하지.

민서는 책에 대해 비판적인 시각을 취하는 게 무엇보다 중요하다며, 책을 무비판적으로 받아들여서는 안 된다고 했다. 마치 독서 토론 논술 선생님처럼. 어느 학원을 6년이나 다녔는지는 모르지만, 나도 한번 다녀 볼까 싶은 마음까지 들 뻔했다.

"같이 할 거지? 내가 이렇게 좋은 책도 소개해 줬잖아."

"돈이 필요해서 하는 거야."

"네네. 그렇다고 칩시다."

민서가 내 등을 한 번 치고는 자리를 비워 줬다. 민서가 가자마자 이수는 고개를 돌렸다.

어제 잠들기 전, 남은 반도 다 읽었다. 축구부 친구들은 방황하는 김은한에게 서울월드컵경기장에서 열리는 국가 대표 친선 경기를 보러 가자고 한다. 평소 김은한이 좋아하던 외국 골키퍼가 우리나라에 오는 경기였다. 하지만 저녁 여덟 시 경기라서 지방에 사는 김은한이 가기는 쉽지 않았고, 아빠는 같이 가 줄 수 없다며 못 가게 한다. 김은한과 친구들은 허락 없이 서울로 올라가고…….

마지막 장에서 김은한은 결국 다시 축구장으로 간다. 축구부 친구에게 공을 차 달라고 한다. 자기가 공을 피하지 않을 때까지. 그리고 뒤로 돌아선다. 항상 등지고 있던 골문을 마주한다.

놀랍게도 김은한은 책의 마지막 마침표가 찍히는 순간까지도 골키퍼로 돌아가지 못한다. 주저앉아 울다가 다시 일어나 골문을 마주하고 선다. 거기서 끝.

혹시 2권이 있는 책인가 싶어 서점 사이트를 찾아봤지만 그것도 아니었다.

작가의 말에서 작가는 살다 보면 최선을 다해도 실패하는 일이 있다고 했다. 그래도 괜찮다고, 결심하고 노력하는 과정에서 주인공은 벌써 달라졌다고 했다. 책은 끝났지만 언젠가는 공을 막을 수 있지 않겠느냐면서.

이게 무슨 말장난인가 싶었다. 작가의 말대로 책은 끝났는데, 무슨 다음 이야기를 하는 걸까. 작가가 2탄이라도 써 주기 전에는 이 아이는 멈춘 상태다.

화가 난 채로 잠이 들었다.

새벽에 몇 번이나 잠에서 깼다.

어지러운 꿈에 계속 시달렸다. 공이 나왔던 것 같기도 하다. 골대도 나왔던 것 같기도 하다. 내가 골키퍼였던 것도 같고, 내가 공이었던 것도 같고, 내가 골대였던 것도 같다. 난 그 무엇도 되고 싶지 않은데.

학교로 걸어오는 10분 동안 끊임없이 김은한을 생각했다. 미련하게 골대 앞에 서는 김은한의 모습이 자꾸만 떠올랐다.

운동장을 지나갈 때는 골대만 눈에 보였다. 하얗고 커다란 골대 두 개. 늘 저기에 있었지만 한 번도 눈에 들어오지 않았던 물건.

나는 천천히 골대 앞으로 걸어갔다. 가까이서 본 골대는 아주 컸다. 축구 수업할 때 제대로 참가한 적이 없어서 골대 앞에 서 보기는 처음이었다.

이 넓은 면을 한 사람이 다 커버해야 한다고?

골대 크기는 어떻게 정해졌을까. 너무 크면 골이 쉽게 들어가서 경기가 시시해질 테고, 너무 작으면 골이 잘 들어가지 않아서 경기가 재미없어질 거다. 그 미묘한 사이에서 줄다리기하며 크기를 정했겠지.

나는 김은한처럼 골대를 마주 보고 섰다. 세상에서 가장 이상한 골키퍼의 자세다.

김은한. 꼭 이렇게까지 해야 했니? 그냥 인정해. 너는 더 이상 골키퍼를 할 수 없어. 발버둥 치지 마. 뚜벅뚜벅 걸어서 축구장을 나가면 되잖아.

하지만 너는 여기 서 있겠지. 지금도. 어디선가.

김은한의 뒷모습이 생생히 눈에 보이는 듯했다. 이 모습을 한

번 그려 보고 싶다는 생각이 들었다.

운동장을 지나가던 아이들이 나를 쳐다봤다. 되게 이상해 보이나 보다. 그러거나 말거나.

점심시간, 내 책상 주위로 민서와 태린이가 의자를 끌어다 놓고 앉았다. 몇몇 아이들이 우리를 한참씩 바라보았다. 내가 누군가와 무언가를 한다는 게 신기했던 모양이다.

"무슨 구경거리라도 났어? 너희도 끼워 줘?"

민서가 너스레를 떨며 말하자 아이들은 금세 고개를 돌렸다. 태린이가 피식 웃었다.

태린이가 민서에게 예담이와 나에 관해 말했다는 걸 알고 나니 태린이와 마주 보고 있기가 더 어색했다. 왠지 우리끼리 한 번은 예담이 이야기를 짚고 넘어가야 할 듯한데, 나도 태린이도 먼저 말을 꺼낼 것 같지는 않다.

우리는 마주 앉아서 그림 그릴 장면을 정했다. 줄거리를 소개할 때 들어갈 그림을 그리면 되었다. 책은 8장으로 나뉘어 있다. 장마다 가장 중요한 장면을 뽑아서 그리기로 했다. 민서가 부지런히 태블릿에 메모했다.

1. 승부차기에서 멋지게 골을 막아 내는 장면
2. 장례식장에서 친구들을 맞이하는 장면

3. 경기 도중 공을 피해서 웃음거리가 되는 김은한

4. 축구를 그만두려는 김은한, 말리는 친구

5. 점심시간에 교실 창가에서 축구하는 아이들을 내려다보는 김은한

6. 월드컵경기장에서 응원하는 김은한과 친구들

7. 축구 선수 집에서 고민을 상담하는 김은한

8. 골대를 바라보고 서 있는 김은한, 주인공을 향해 공을 차는 친구들

그릴 장면이 대충 정해졌다.

민서는 책을 읽고 느낀 점을 얘기해 보자고 했다. 정리해서 북튜브에 넣을 거라며 먼저 말을 시작했다.

"난 다 좋았어. 그런데 골키퍼가 갑자기 공을 무서워할 수도 있는 거야? 약간 억지스러운 느낌이야."

민서는 이 책에서 가장 중요한 설정을 이해하지 못하겠다고 했다.

"난 이해 가던데. 엄마 죽음으로 너무 충격을 받은 거지. 책에 이런 문장이 있었잖아. 죽음은 남은 사람에게 어떤 식으로든 상처를 남긴다. 남은 사람은 그 상처를 안고 살아간다. 자기가 알든, 알지 못하든."

태린이가 잠시 말을 멈췄다. 나와 눈이 마주쳤지만 나는 재빨리 눈길을 돌렸다.

"그래도 김은한이 축구를 포기하지 않아서 좋았어. 포기했으면

거기서 끝이었을 거잖아. 옆에서 축구부 애들이 많이 도와줘서 포기하지 않은 것 같아. 단 한 명이라도 진심으로 옆에 있어 준다면 아무리 힘들어도 이겨 낼 수 있다잖아. 아, 이거 책에서 축구 선수가 해 준 조언. 다들 기억하지?"

태린이가 민서와 나를 번갈아 바라봤다. 단 한 명. 나에게 단 한 명이 있었던가? 태린이의 말과 행동에서 자꾸만 속뜻을 찾으려고 애쓰는 내가 싫었다. 말은, 말이다. 그냥 말.

민서가 내 차례라는 듯 눈을 동그랗게 뜨고 나를 바라봤다.

"김은한이 축구를 그만둔다고 해서 인생이 끝나는 것도 아니잖아. 다른 일을 하다가 재미나 재능을 찾았을 수도 있지. 난 축구 끝나고 고속버스 막차 놓쳤을 때, 축구 선수 만난 게 너무 우연이어서 별로였어. 때마침 선수 차가 아이들이 서 있는 길을 지나가고, 아이들이 입은 유니폼에서 자기 이름을 보고 차를 세우고, 그런 장면들 말이야."

민서와 태린이가 고개를 끄덕이며 자기들도 그 대목에서는 그렇게 느꼈다고 했다. 민서가 손을 바삐 움직이며 말을 시작했다.

"그 축구 선수가 애들 재워도 주고, 고민 상담도 해 주고 엄청나게 도와주잖아. 이런 책에는 꼭 주인공을 도와주는 사람들이 나오더라. 그것도 주인공에게 필요한 방식으로 찰떡같이 도와주잖아. 현실에서는 이런 사람 만나기 힘들지 않아? 누가 그렇게 성심성의껏 돌봐 줘? 각자 자기 살기도 바쁜데. 안 그래?"

민서 말에 내가 나섰다.

"힘든 사람들이 누가 자기 좀 도와줬으면 하고 바란다는 생각, 너무 오만한 거 아닐까? 여기 주인공 주변 사람들이 다들 그렇더라. 영웅 놀이 하는 것 같아서 보기 불편했어. 손만 내밀면 힘든 사람이 덥석 손을 맞잡으리라고 생각하는 것도 그렇고. 힘든 사람이 그 손을 쳐 낼지, 아니면 손을 당겨서 상대마저 넘어뜨려 버릴지 모르는 일인데."

내 말에 민서도 태린이도 잠시 생각하는 듯 아무 말이 없었다.

"신선한 관점이야. 그 점도 한번 짚어 줘야겠다. 오우. 그림만 기대했는데 네 덕분에 훨씬 깊이 있게 만들 수 있겠어. 고울이 넌 어느 학원 다닌 거야?"

민서가 장난스럽게 물었다.

나? 난…… 그레텔의 책집에 다녔지.

민서 태블릿은 어느새 몇 페이지가 넘어가고 있었다. 휙휙 지나가는 말들을 저렇게 깔끔하게 정리하다니. 괜히 민서에게 거리감이 느껴졌다. 하긴 우리가 가까운 적이 있었나?

"그런데 너희는 이해가 가? 주인공이 끝까지 골문 앞에 서는 거."

민서가 또 다른 질문을 던졌다.

"나도 이해가 안 갔어. 그건 자기를 괴롭히는 거 아니야? 장례식을 한 지 1년도 안 됐는데 말이야. 그런 일에는 시간이 필요하잖아."

내가 먼저 대답했다.

"그렇다고 1년, 2년, 이렇게 시간이 정해져 있는 것도 아니잖아. 사람마다 다른 거고, 스스로 아는 거지. 주인공이 축구가 자기에게 얼마나 소중한지 깨달아서 용기 내고 싶어졌다잖아. 그리고 책에서 그러잖아. 아무것도 안 하는 게 가장 힘들다고. 사실 안 하는 게 아니라 온 힘을 다해 피하고 있는 거라고. 조금이라도 맞서는 게 차라리 덜 힘들다고."

태린이가 담담한 목소리로 말했다.

"나도 거기 좋았는데!"

민서가 감탄하더니 몇 쪽에 나온 문장인지 찾느라 책을 뒤적거렸다. 태린이가 자기가 찾아 주겠다며 책을 건네받았다.

책 한 권을 두고 이런저런 이야기를 나누는 시간. 예전에 예담이와 그레텔의 책집에서 보냈던 시간과 닮았다.

밀어 내고 밀어 내도 저절로 떠오르는 기억들.

그레텔의 책집

5학년이 되고 나서 얼마 안 됐을 때였다. 우리 동네 큰길가에 카페가 나가고 서점이 생겼다. 서점 이름은 '그레텔의 책집'이었다. 찻집을 책집으로 잘못 쓴 게 아닐까 했는데, 어린이 청소년 책 전문 서점이라고 쓰여 있었다. 혹시 문제집만 모아서 파는 곳인가 싶어 밖에서 기웃거렸는데 그렇지는 않았다.

어린이와 청소년을 위한 책만 파는 서점이라니. 우리를 위한 책이 문제집이 아니라니. 이런 곳이 우리 동네에 있다는 것만으로도 기분이 좋아졌다.

서점에서는 작가와의 만남이나 일일 특강, 독서 클럽 같은 모임이 많이 열렸다. 부모님은 공부에 도움이 된다고 생각해서인지 내가 서점 가는 걸 반겼다.

5학년 때는 예담이와 자주 서점에 갔다. 예담이는 그림책 모임이 있는 날에는 동생 예림이를 데리고 나오기도 했다. 예담이는 예림이를 귀찮아했지만 동생이 없는 나는 예림이가 귀엽기만 해서 같이 잘 놀았다. 하지만 6학년이 되고 다니는 학원이 늘어나면서 예담이는 조금씩 서점과 멀어졌다.

서점 주인은 조금 특이한 사람이었다. 자기를 그레텔이라고 부르라고 했다. 어색한 마음에 이모나 그레텔 이모라고 부르면 돌아보지도 않았다. 자기는 여자 형제가 없는데 무슨 이모냐며 싫다고 했다. 나는 처음에는 더듬더듬 그, 레텔이라고 부르다가 조금 후에는 그레, 텔이라고 부르다가 그레텔이라는 이름에 점점 익숙해졌다.

그레텔은 나이를 밝히지 않았다. 얼핏 고등학생으로도 보일 만큼 동안이었다.

그레텔은 눈에 띄는 외모였다. 주위에서 흔히 볼 수 없을 정도로 비만이었다. 외국 영화나 드라마에 종종 나오는 사람 같았다. 그레텔은 허리까지 내려오는 긴 파마머리를 하고, 항상 몸에 딱붙는 옷을 입었다. 몸에 맞는 옷이 없어서일까 궁금했지만, 차마 물어보지는 못했다.

서점 안 테이블에는 큼직한 바구니가 있었는데 거기에는 과자, 사탕, 초콜릿이 가득 차 있었다. 여름에는 냉장고에 아이스크림이 가득했고, 겨울에는 그레텔이 잉어빵을 사다 날랐다. 오직 과자만 노리고 서점에 들어오는 아이들도 많았다. 어떤 아이들은 대놓고 그레텔의 책집이 아니라 그레텔 마녀의 과자 집이라고 불렀다. 그레텔이 우리 동네 아이들을 살찌워서 잡아먹으려는 게 틀림없다고 하면서도 즐겁게 과자를 먹어 치웠다.

그레텔은 아이들에게 딱 하나만 주의해 달라고 했다. 책을 훼손하지 말라는 거였다. 간식 먹던 손으로 책을 만지면 그레텔의 얼굴은 순식간에 마녀처럼 바뀌었다. 그레텔의 마녀 얼굴을 몇 번 보고 나면 아이들은 책만큼은 소중히 다뤘다.

나는 이러다 그레텔이 책은 못 팔고 과잣값만 나가서 망하면 어쩌나 걱정되었다. 그러면 내 아지트가 사라지니까.

아빠가 서점을 보고 한 말도 내 걱정을 키웠다. 아빠는 저런 큰 길가에 서점이라니, 수지가 맞을 것 같지 않다며, 금방 망할 거라고 했다.

엄마는 서점이 망할까 봐 걱정하는 나에게 세상에 공짜는 없다고 했다. 애들이 과자를 그렇게 먹어 대니 부모들이 미안해서라도 그 서점에 가서 책을 사지 않겠느냐고. 서점의 전략일 거라고 했다. 하지만 서점에 머무르면서 팔리는 책의 수와 사라지는 과자 수를 비교해 본 나는 아무래도 이건 망한 전략이라는 결론에 이르렀다.

"그레텔! 과자 바구니 없애요. 아니면 적당히 갖다 놔요. 싼 걸로 채우든가요. 이러다 망하면 어떡해요?"

그레텔은 걱정할 것 없다고만 했다. 그러다 예담이와 내가 제발 경제 감각 좀 키우라고 난리 친 날, 그레텔은 서점에 과자를 두는 이유를 조용히 설명했다.

그레텔은 사실 자기가 진짜 그레텔이라고 했다. 헨젤과 그레텔에 나오는 그 그레텔 말이다. 예담이와 나는 이맛살을 찌푸리고 서로 잠시 마주 봤다. 농담인가 싶었지만, 그레텔의 표정은 진지했다.

그레텔은 창밖으로 쏟아지는 비를 내다보며 계속 이야기했다. 그날은 장맛비가 쏟아붓던 날이었다.

그레텔은 아이들이 마녀의 보석을 가지고 집으로 돌아가는 결말은 사실과 다르다고 했다.

"헨젤은 집으로 돌아가고 싶어 했지만 나는 마녀의 집이 좋았어. 나를 두 번이나 버린 사람들에게 돌아가고 싶은 생각은 손톱만큼도 없었지. 우리는 마녀의 보석을 똑같이 반반 나누었어. 헨젤은 집으로 돌아가고, 나는 마녀의 집을 차지했지. 마녀가 마법을 걸어 둔 덕분에 과자 집은 늘 새로 자라났어. 내가 먹어 치워도, 비가 와서 과자가 으스러져도, 더워서 초콜릿이 녹아 버려도 다시 자라났지.

나는 보석을 팔아서 책을 구해다 읽으며 세월을 보냈어. 그땐 책값이 엄청 비쌌거든. 이상하게도 나는 늙지 않았어. 과자에 마술이라도 걸려 있었나 봐.

난 숲을 떠나기로 결심했어. 보석을 짊어지고 발길 닿는 대로 여행하다 마음에 드는 도시에서 서점을 차리고 책을 팔았지. 지겨워지면 또 여행하고, 그러다 여기까지 왔어.

과자는 마음껏 먹어도 돼. 보석이 아직 충분히 남아 있거든."

이야기가 끝난 후에도 그레텔은 멍한 표정으로 창밖을 보고 있었다. 예담이와 나는 뒷걸음질 치다시피 서점을 나왔다.

예담이가 내 팔을 잡았다.

"미친 거 맞지."

"농담……이겠지."

"농담을 저렇게 진담처럼 한다고? 완전 사이코 같았어."

솔직히 나도 비슷하게 느꼈다. 열 살만 넘어가도 믿지 않을 말을 우리에게 하다니.

"그래도 앞으로 그레텔 걱정은 그만하고 과자 실컷 먹자. 로또가 됐거나, 집이 원래 엄청 부자거나 그런가 봐. 아니면 저 건물이 그레텔 것일지 누가 알아?"

예담이가 번듯한 3층 건물을 올려다보며 말했다. 서점 옆에는 동물 병원이, 2층과 3층에는 학원이 들어 있었다. 조금 낡았지만 단정한 건물이었다.

나는 그런 이상한 말을 듣고 나서도 그레텔의 책집에 자주 들렀다. 그레텔은 그날 말고는 그 이야기를 꺼내지 않았다.

그레텔은 우리가 산 책이 어땠는지 꼭 물어봤다. 이야기가 길어질 때는 지금처럼 가벼운 토론이 되기도 했다. 그렇게 얘기하다 보면 책을 읽으면서 눈치채지 못했던 점을 꼭 발견하곤 했다. 그레텔의 시각은 새로운 점이 많아서, 난 그레텔이 정말 몇백 년을 산 게 아닐까 생각하기도 했다.

그레텔의 책집은 나에게 무척이나 소중한 곳이었다. 그렇지만 예담이가 사고를 당한 뒤로 나는 서점 근처에도 가지 않았다. 예담이는 서점 앞 횡단보도에서 사고를 당했다.

어쩌면 책 내용이 맞는지도 모른다. 나는 서점을 피하려고 5분이면 갈 거리를 멀리 돌아 20분 걸려 가기도 했다. 서점 근처에는 우리 집에서 가장 가까운 버스 정류장이 있지만, 나는 먼 정류장까지 걸어가곤 했다.

나는 피하고 있는 걸까? 빙 돌고 있는 걸까? 온 힘을 다해서?

집에 돌아와서도 자꾸 책 생각이 났다. 미련하게 계속 골목 앞에 두 발을 딛고 서는 김은한을 생각했다.

나는 뭘 피했을까. 어디를 벗어났을까.

미련하더라도 내가 한 번이라도 서 봤어야 할 자리는 어디였을까.

손이 저절로 과자 서랍으로 갔다. 묵직한 게 필요했다. 다이제스티브 초코를 꺼냈다. 지금이 밤 열한 시라는 건 전혀 문제 되지 않는다. 이제는 나도 마음이 불안해질 때 과자를 찾는다는 걸 안다. 그러니 더더욱, 생각이 나면 먹어야 한다. 불안한 마음을 과자로 꾹꾹 눌러 놓아야 한다.

어느새 서랍이 휑해졌다.

블랙박스

이상한 꿈에 시달리다가 새벽 다섯 시에 눈을 떴다. 베개 옆에 과자 봉지가 굴러다녔다. 다시 눈을 감았다. 잠이 들락 말락, 들락…… 말락……. 비몽사몽. 꿈과 현실이 뒤섞였다.

나는 김은한이다. 나는 횡단보도 중간에 서 있다. 파란불이 깜빡이지만 발이 떨어지지 않는다. 나는 발을 내려다봤다. 발 대신 지느러미가 보였다. 나는 내가 김은한이 아니라 잉어였다는 걸 깨닫는다. 나는 횡단보도에서 안간힘을 다해 파닥거린다. 그런데 움직일 수가 없다. 나는 잉어가 아니라 잉어빵이었다는 걸 새로이 깨닫는다. 이제는 안간힘을 다해도 전혀 움직일 수 없다. 횡단보도 건너편에서 누가 손짓한다. 빨리 와. 빨리. 그건 예담이였다. 보행 신호가 빨간불로 바뀌고 차들이 나를 향해 달려온다. 나는 파사삭 부서진다. 팥과 슈크림과 치즈가 사방으로 튄다. 사방에서 카메라들이 나를 찍는다. 자동차의 블랙박스가, 행인의 휴대폰 카메라가, 도로 주변 CCTV가 경쟁하듯 플래시를 터뜨린다.

눈을 떴다. 방금 떠오른 것들이 꿈이었는지, 내가 만들어 낸 생각이었는지 헷갈렸다. 하지만 횡단보도에서 버둥거리던 답답한 마음은 그대로 남아 있다. 나를 향해 손짓하던 예담이의 모습도 선명히 남아 있다.

한 번만, 한 번만 서 볼까. 골문 앞에. 그럼 뭐가 달라질까.

나는 노트북을 켰다. 자음과 모음을 하나하나 천천히 눌렀다.

청아동 횡단보도 음주 운전 사고.

떨리는 손가락으로 엔터를 누르자마자 뉴스와 사고 영상들이 화면을 가득 채웠다. 클릭해 보지 않아도 이미 머릿속에 각인된 내용들.

TV 뉴스는 예담이가 차와 부딪치기 직전에 영상을 멈췄다. 그러나 인터넷에 떠도는 영상에서는 예담이가 부딪치는 장면이 고스란히 나온다. 그 영상을 떠올리는 것만으로도 어깨가 뻣뻣이 굳었다.

대낮에 음주 운전으로 횡단보도를 건너는 초등학생을 친 사고. 그것도 학교 근처에서. 대낮 음주 운전, 횡단보도, 초등학생. 이 세 조합 때문인지 사고 첫날부터 뉴스에 나오며 사람들 입에 오르내렸다.

그리고 무엇보다 생생하게 남은 영상이 있었다. 반대편에서 신호를 기다리던 차 블랙박스에 사고 현장이 고스란히 담겼는데, 차 주인이 그 영상을 한 인터넷 사이트에 올리면서 퍼져 나간 거다. 그리고 2년이 다 되어 가는 지금도 여전히 영상은 살아 있다. 예담이의 마지막이 담긴 영상이. 하늘로 날아오르던 두툼한 책 한 권이. 그 영상 속에는 나도 있다. 잉어빵을 양손에 든 채 얼어붙어 버린 내가.

지금도 뉴스 내레이션이 또렷이 기억난다.

이 어린이는 동네 서점에서 동화책을 산 뒤 길 긴니 학원에 가던 길이었습니다. 쓰러진 어린이 옆에는 1분 전에 구매한 동화책이 떨어져 있었습니다.

도로에 떨어진 책이 뉴스 화면을 가득 채웠다. 제목은 '지워진 겨울'. 정확히 얘기하자면 동화책이 아니라 그래픽 노블이었다. 뉴스에서는 아마도 그림이 그려진 표지를 보고 동화책이라고 한 것 같았다.

그때 나는 그래픽 노블을 좋아해서 웬만한 신간은 다 챙겨 봤다. 나도 언젠가 이런 책을 만들 수 있다면 얼마나 좋을까 생각하면서. 부모님은 책은 잘 사 주는 편이었지만, 만화책은 학습 만화가 아니면 사 주지 않았다. 그런 이상한 기준은 두 분이 협의해서 세운 것이었고, 나는 잔말 말고 따라야 했다. 난 이건 만화책이 아니라 그래픽 노블이라는 장르라고 주장했지만, 부모님은 기준이 흔들리면 안 된다며 사 주지 않았다.

보고 싶은 그래픽 노블이 있을 때 동네 도서관에 희망 도서로 몇 번 신청했지만 만화라는 이유로 비치해 주지 않았다. 우리 동네 도서관만 기준이 그런 건지는 알 수 없었다.

학교 도서관은 책을 사는 기간이 따로 있어서 책이 나왔을 때 바로 보기가 힘들었다. 결국 번번이 내 용돈으로 책을 사야 했다.

『지워진 겨울』은 내가 좋아하는 작가의 두 번째 책이었다. 나는 부모님 몰래 그레텔에게 책을 주문했다. 그레텔은 그러잖아도 들여놓으려던 책이었다며 목요일 오후에 나오라고 했다.

나는 예담이에게 서점에 같이 가자고 했다. 그즈음 나는 교실에서 겉돌고 있었다. 원칙을 따지는 집은 답답하고, 끼리끼리 뭉치는 교실은 유치했다. 내 마음을 알아주는 사람은 예담이밖에 없었다. 하지만 예담이와는 반이 갈려서 5학년 때처럼 붙어 있을 수가 없었다. 쉬는 시간에 예담이네 교실에 갔다가 예담이가 태린이와 얘기하며 웃는 모습만 보다가 돌아오기도 했다. 서점에 같이 가는 횟수도 줄었다.

서점에 가자는 말에 예담이는 학원 시간이 빠듯해서 힘들다고 했다. 그래도 계속 졸랐더니 같이 가 주는 대신에 책을 자기에게 먼저 빌려 달라고 했다. 학원 가서 금방 읽고 돌려주겠다고. 나는 좋다고 했고, 우리는 서점으로 달려갔다. 차가운 겨울바람에 코끝이 기분 좋게 시려 왔다. 좁은 인도에서 우리 학교 아이들을 획획 앞지르며 뛰어갈 때는 가슴이 터질 듯 좋았다. 내 옆에 예담이가 있었으니까.

약속대로 예담이는 내가 산 책을 먼저 가져갔다. 학원에 늦은 예담이는 파란불로 바뀌자마자 뛰었고, 속도를 줄이지 못한 차에, 아니 애초에 줄일 생각도 없던 차에 치이고 말았다.

나는 잉어빵을 양손에 들고 막 서점을 뛰쳐나온 참이었다. 그레텔이 방금 사 온 따끈한 잉어빵을 예담이에게 주고 싶어서. 하지만 내가 목격한 건 횡단보도에 쓰러져 있는 예담이의 모습이었다.

두 발이 땅에 붙은 듯 떨어지지 않았다. 온몸의 세포가 움직임을 멈춘 듯했다.

나도 모르게 잉어빵을 꽉 쥐었다. 뜨거운 슈크림이 내 손을 타고 흘렀다. 살갗이 뜨거워졌지만 나는 세게, 더 세게 잉어빵을 움켜쥐었다.

잉어빵에서 비릿한 냄새가 올라왔다.

그레텔이 예담이에게 뛰어갔다. 예담이가 119에 실려 간 뒤 그레텔이 나에게 다가왔을 때 내가 들고 있던 잉어빵은 다 으스러져 있었다. 운동화 주변에 떨어져 있던 잉어빵 조각들이 지금도 선명하다.

그레텔은 나를 감싸 안고 서점 안으로 들어갔다. 그레텔이 내 휴대폰으로 엄마에게 전화를 걸었고, 엄마가 서점으로 올 때까지 나는 사고 현장을 등진 채 앉아 있었다.

예담이는 수술을 받았지만 의식이 없었다. 중환자실은 면회를 할 수가 없었다. 도로에 쓰러져 있던 예담이가 내가 본 예담이의 마지막 모습이었다.

중학교 입학식을 끝내고 돌아와서 나는 신문 기사와 블로그들, SNS에 실린 글들을 사고가 난 시점부터 훑었다. 내가 방에서 꼼짝하지 않는 동안 정말 많은 일이 일어났다는 걸 알게 되었다.

예담이가 혼수상태에 빠져 있는 동안 사고 현장에는 수많은 꽃다발이 놓였다. 혼수상태이지만 엄연히 살아 있는데 국화꽃을 놓고 간다고 화를 내는 사람들도 있었다.

사고 현장을 목격한 사람이 찍은 책 사진이 인터넷에서 큰 화제가 되었다. 도로에 덩그러니 떨어져 있는 『지워진 겨울』 사진이었다. 사진 귀퉁이에 예담이의 하얀 운동화가 작게 보였다. 어떻게 이런 사진을 찍을 생각을 했을까. 좋은 구도라고 생각하며 찍었을까.

기사마다 예담이 이름을 앞에 내세웠다. 음주 운전 처벌을 더 강화해야 한다는 인터넷 청원에 몇만 명이 모이기도 했다. 예담이는 자기도 모르는 사이 어떤 아이콘이 되어 있었다.

예담이 부모님 인터뷰, 사고 현장에 놓인 꽃과 동화책들, 예담이를 위해 기도하는 낯선 사람들의 모습이 뉴스에 기록되어 있었다.

어떤 유튜버는 예담이 또래 자녀에게 길을 건너게 하고 자기는 음주 운전 운전자 역할을 맡아서 사고가 나는 장면을 연출했다가 여론의 몰매를 맞았다. 그래도 『지워진 겨울』이 하늘을 날다 바닥에 추락하는 장면은 많은 사람의 가슴을 아프게 했다.

그러다 얼마 뒤, 『지워진 겨울』이 동성애를 다룬 만화책이라고 지적하는 댓글이 여기저기 달리기 시작했다.

> 그게 왜 문제죠? 그리고 만화책이 아니라 그래픽 노블입니다.

> 그래픽 노블과 만화책의 차이는 뭔데요? 지금 만화를 무시하는 건가요?

사람들은 싸웠다. 동성애를 다룬 책을 초등학생이 봐도 되느냐에 대한 싸움은 말할 것도 없었다. 사실 그쪽이 더 격렬했다. 사람들은 책의 전체적인 내용과는 상관없이 책 속의 선정적인 몇 장면만 열심히 퍼 나르며 혐오의 말을 쏟아 냈다.

예담이는 다시 자기도 모르는 사이 조금 다른 아이콘으로 변해 갔다. 예담이가 평소에 어땠다더라, 예담이 부모님은 이런 사람들이라더라, 나도 처음 들어 보는 이상한 이야기들이 퍼져 나갔다. 예담이 이야기는 과장되었고, 예담이 부모님에 관한 이야기는 사실인지 알 수 없었다.

그제야 나는 사람들이 원한 건 순수하고 무해한 책을 읽는 소녀였다는 사실을 깨달았다. 꽃과 나비와 다람쥐와 무지개가 나오는 그런 책들.

예담이가 세상을 떠난 것만으로도 더할 수 없이 충격이었는데, 내 책 때문에 예담이가 이런저런 말에 휘말렸다고 생각하니 미칠 것만 같았다.

그때라도 얘기해야 했을까? 그거 내 책이에요, 내가 산 거예요. 예담이랑 관련짓지 마세요. 하지만 내가 집에 틀어박힌 사이 이미 예담이는 세상을 떠났고, 사람들의 관심은 식어 있었다.

나는 하도 괴로워서 부모님에게 『지워진 겨울』 이야기를 했다. 그러자 부모님은 또다시 말했다. 그건 절대 내 잘못이 아니라고. 신경 쓰지 말라고.

"내가 알았다면 내 책이라고 말했을 거야. 그럼 예담이가 이런 일도 안 겪었을 거잖아."

"너무 자책하지 마. 그리고 어차피 예담이는 혼수상태에서 아무것도 모르고 떠났어."

아빠가 말했다. 엄마도 고개를 끄덕거렸다. 역시나 나를 위한 말이겠지만 너무나 잔인한 말이었다. 나는 주먹을 꽉 쥐었다. 손톱이 손바닥을 파고들었다.

냉정하게 생각하면 아빠 말이 맞다. 하지만 그래서 더 마음이 아팠다. 예담이는 의식 없이 병원 침대에 누운 채 이런저런 수식어를 갈아 치우며 이리저리 끌려다녔다.

"그렇지만 혹시라도 다른 애들한테 그 얘기는 하지 마. 오해 살수 있어. 그러잖아도 너 만나러 나갔다가 사고 났다고 뒷말하는 애들인데, 책도 네 거였다는 게 알려지면……. 그건 안 돼."

엄마가 말했다.

"오해? 이건 그냥 사실이잖아."

"사실이지만, 그게 예담이 사고의 원인은 아니야. 울아, 넌 왜항상 네 탓을 하니?"

"엄마 아빠는 왜 항상 내 탓이 아니라고만 헤? 따져 보지도 않고?"

"그게 사실이니까."

부모님의 태도가 소름 돋도록 싫었다. 부모님은 벽 같았다. 부모는 무조건 자식 편이라는 건 누가 정했을까. 부모가 되는 순간세뇌라도 당하는 걸까. 나는 절대 부모가 되고 싶지 않다. 그런부모들로 가득 찬 세상은 상상만 해도 끔찍하다.

나는 부모님의 벽을 깨부수고 싶었다. 그래서 더욱더 내 탓을했다. 그러나 부모님은 흔들리지 않았다.

훌륭한 부모님 상이라도 드려야 하나.

그냥 내 마음에 조금이라도 공감해 줄 수는 없는 걸까.

나는 검색으로 나온 어느 인터넷 카페 게시 글을 클릭했다. 영
상은 보지 않고 조심스레 댓글을 읽어 내려갔다.

> 파란불이어도 옆을 보고 건너야지. 학교에서 안 배웠나? 요즘 학교는 뭘
> 가르치는 거야?

> 이 영상 보여 주고 우리 애 조심시켜야겠어요.

> 저런 미친. 대낮에 무슨 음주 운전을.

> ㄴ 그럼 밤에는 해도 된다는 말씀인가요?

> ㄴ 이 말이 왜 그런 뜻입니까? 아이큐 검사 좀 해 보세요.

> 대박. 영화네. 진짜 제대로 찍혔다.

> 저 학생 어떻게 됐어요? 죽었나요?

> ㄴ 저 정도면 즉사죠. 살았으면 그게 더 이상하죠.

잔인한 댓글들에 손이 떨렸다. 사람들에게는 저 영상이 영화
하이라이트 정도로 보이나 보다. 아주 흥미진진한.

머리가 핑 돌았다. 속이 울렁거렸다. 더는 볼 수가 없었다. 내
가 서야 할 골대는 여기가 아닐 거다. 나는 화면 귀퉁이 엑스자
쪽으로 커서를 옮겼다. 그러다, 손을 멈췄다.

예담이는 세상을 떠난 뒤에도 인터넷에서 떠돌고 있다. 흥밋거
리로 소비되고 또 소비되면서.

예담이를 위해 뭐라도 하고 싶다. 어떻게 여기까지 왔는데. 이

대로 다시 눈을 감고 싶지 않았다.

덜덜 떨리는 손으로 게시 글을 다시 눌렀다. 화면을 내리다 보니 맨 구석에 작은 글씨로 게시 글 신고라는 메뉴가 있었다. 버튼을 누르자 신고 메뉴가 떴다. 저작권 침해, 명예 훼손 침해 중에 골라야 했다. 저 영상은 내가 찍은 것도 아니고, 내가 들어 있긴 하지만 내 명예가 훼손된 건지 헷갈렸다. 신고 창을 닫았다.

다른 방법을 생각해 내야 했다.

나는 카페에 가입한 뒤 댓글을 달았다.

> 삭제해 주세요.

이런 댓글이라도 달고 나니 마음이 조금 가라앉았다. 내가 쓴 여섯 글자와 마침표 하나가 인터넷에 새겨졌다. 의욕이 생겼다.

나는 다른 영상도 찾아 나섰다. 사고 영상을 올리는 SNS들을 뒤졌다. 사고가 났던 날 무렵의 게시물들을 살피며 예담이 영상을 찾았다. 쉽게 나오지는 않았지만 가끔 하나씩 찾아냈다. 찾을 때마다 삭제하라는 댓글을 달았다.

어떤 계정에는 예담이 영상이 화제의 영상이라는 태그를 달고 올라가 있었다. 사고 당시뿐만 아니라 주기적으로 다시 올리는 계정들이 있었다. '음주 운전의 위험성'이라는 제목부터 '동화책 소녀의 반전'이라는 제목까지. 그리고 마지막 페이지에는 상품 광고가 붙어 있었다.

보이는 글마다 삭제하라는 댓글을 달았다. 자음과 모음 하나하나마다 내 분노를 꾹꾹 눌러 담아서.

어느새 푸르스름한 새벽빛이 방 안을 가득 채우고 있었다.

한 시간쯤 눈을 붙였다 일어났다. 씻으러 나가려는데 휴대폰 알림음이 울렸다. 누가 내 댓글에 다시 댓글을 달았다.

> 왜 삭제하라는 거죠? 공익 성격이 있잖아요. 경각심을 불러일으키고요.

사람들은 영상에 가족이나 친구, 연인 계정을 태그하며 '우리는 조심하자.' 같은 글을 남겨 놓았다. 그렇지만 이건 교육용 영상이 아니다. 진짜로 사람이 죽은 사고다.

뭐라고 써야 지울까. 그 순간, 예담이 사고 영상을 검색하다가 본 다른 사고 영상에 달려 있던 댓글이 떠올랐다. 나는 비슷하게 댓글을 달았다.

> 피해자 유가족이 영상 내려 달라고 했대요. 변호사 알아보고 있대요.

이래도 공익이니 경각심이니 그런 말을 할 수 있을지.

골대

4교시 끝나는 종이 울리자마자 아이들이 썰물처럼 교실을 빠져나갔다. 나만의 시간이다.

오전 수업 내내 엎드려 잔 나는 크게 기지개를 켜고 시리얼 바를 꺼냈다. 오늘은 검은콩과 딸기 맛이다.

검은콩을 먼저 뜯어서 한 입 막 물었을 때였다. 교실 앞문으로 태린이가 들어왔고, 우리는 눈이 마주쳤고, 나는 시리얼 바를 든 손을 천천히 내렸다. 태린이는 내 손과 내 책상 위를 눈으로 훑었다. 시리얼 바가 하나도 아니고 두 개라는 걸 태린이가 보고 말았다.

"속이 안 좋아서 점심 안 먹으려고."

태린이가 변명하듯 말하고는 자기 책상에 엎드렸다.

나는 남은 시리얼 바를 가방에 넣었다. 부스럭 소리가 나지 않게 최대한 조용히.

운이 좋았었는지 한 번도 들킨 적이 없는데. 아니, 내가 들킨 건가? 내가 나쁜 짓을 한 건 아니잖아? 하지만 너무 부끄러웠다. 너무너무.

다시 엎드려 잘까 했지만, 오전 내내 자서 그런지 더는 졸리지 않았다. 조금 있으니 창밖이 소란스러워졌다. 오늘도 어제처럼, 어제의 어제처럼, 어제의 어제의 어제처럼 아이들이 축구를 하는 모양이다.

나는 교실 창가에 섰다. 하늘이 어쩜 저런 색일까 싶을 만큼 새파랬다. 운동장 둘레 은행나무에는 노르스름한 빛이 돌고 있었다. 그 하늘 아래에서, 나무들에 둘러싸여서 아이들은 축구를 한다.

나는 머릿속으로 운동장의 1년을 그렸다. 운동장 안에서 아이들은 계속 축구를 하고 주변 풍경만 바뀌는 거다. 봄에서 여름으로, 여름에서 가을 겨울로. 짤막한 단편 영화 같다. 주제는…… 축구는 즐거워? 변하는 것과 변하지 않는 것들?

나는 골키퍼와 슈팅하는 아이들 자세를 눈여겨봤다. 평소라면 볼 일도 없었을 테고, 보더라도 무심히 지나쳤을 평범한 일상의 모습. 그림은 세상을 다시 보게 만든다. 이런 경험이 굉장히 오랜만이었다.

처음으로 사과 소묘를 했던 날이 떠올랐다. 몇 시간 동안 사과 하나를 바라봤던 날. 빛과 그림자, 꼭지, 점, 세로무늬에 집중하다

보면 몇 시간이 휙 지나가 있었다. 자세히 볼수록 사과라는 과일이 낯설게 느껴졌다. 난생처음 사과를 제대로 본 기분이었다. 내가 얼마나 세상을 대충 보고 있는지 깨달은 날이었다.

세준이가 축구 경기 안으로 뛰어 들어갔다. 아이들이 조금씩 위치를 조정했다.

세준이는 축구를 잘한다. 세준이를 좋아하던 때에 나는 점심시간마다 운동장을 내려다봤다. 하지만 지금 나는 고개를 돌렸다.

"뭐 봐?"

어느새 민서가 옆에 와 서 있었다.

"그림에 참고하려고 잠깐 봤어."

"오늘 금요일인 거 알지? 주말까지 그려야 하는 거 까먹지 않았지?"

"어? 어."

그려야지, 그려야지 여러 번 다짐했지만, 그림을 그리고 싶은 마음도 들었지만, 아직 그림 어플을 켜지는 못했다.

"일요일에 태린이 집에 가서 영상 찍기로 했어. 너도 갈래?"

태린이 집이라니. 민서는 태린이와 내가 얼마나 서먹한지 여태 모르는 걸까? 아니다. 민서라면 알면서도 일부러 날 부르는 것일 수도 있다.

"아니. 그림은 주말까지 꼭 그릴게."

민서가 운동장을 내려다보다 나를 향해 고개를 돌렸다.

"저런 거 말고, 진짜 축구 경기를 보는 건 어때?"

"스포츠 보는 거 싫어해. 나 올림픽도 안 봐. 월드컵도 안 보고."

"내일 새벽 4시 45분. 한번 빠져 보라니까. 그럼에 느낌이 살아야 하잖아."

새벽 4시 45분이라니. 민서가 왜 가끔 1교시부터 조는지 이해가 갔다. 그것도 맨 앞줄에 앉아서 꾸벅꾸벅.

민서는 우리 집이 가입한 인터넷 TV 회사를 물어보더니 채널 번호까지 검색해서 알려 줬다. 굳이 알려 줄 필요는 없다고 했는데도 새벽 축구를 즐기는 자기만의 팁을 읊기 시작했다.

"일단 팬카페에 가입해. 그러면 경기 며칠 전부터 사람들이 라인업을 추측하고 어느 팀이 이길까 토론을 할 거야. 아, 라인업은 출전 선수 명단이야. 경기 하루이틀 전에는 감독이 기자 회견을 해. 거기서 다친 선수가 있는지 체크하는 거야. 경기가 밤 열두 시쯤 시작이면 저녁부터 사람들이 오늘 야식이 뭐가 좋은지 물어볼 거야. 새벽 경기면 밤을 새우고 볼지, 자다 일어나서 볼지 물을 거고. 경기 한두 시간 전에는 선수들 출근 영상이 떠. 경기 한 시간 전에는 라인업이 뜨고. 내가 좋아하는 선수가 나오는지 확인하고 후보 명단도 확인해. 경기를 시작하면 응원 글이 올라오는데, 거기에 댓글을 달면서 같이 보는 거야. 경기마다 몇천 개씩 댓글이 달려. 나 혼자가 아니라 다 같이 보는 거지. 전반전이 끝나면 평점을…….”

“저기, 나 그런 것까지 할 생각은 없는데.”

“카페 가입이 번거로우면 트위터가 최고야. 골을 넣거나 슈팅이 빗나가거나 골을 먹으면 구단 공식 계정에 게시물이 하나씩 올라오는데, 거기 댓글이 몇백 개는 기본이거든. 외국 팬들 댓글 읽으면 엄청 재밌어. 영어도 늘고.”

“저기, 나 트위터 안 하는데.”

민서가 다른 방법을 알려 주려고 할 때 태린이가 나타나 민서를 데려갔다. 아쉬워하는 민서 표정을 보다가 나도 모르게 피식 웃음이 나왔다.

자리에 앉아 이어폰을 꼈다. 노래는 나오지 않는다. 음악을 틀면 정신이 없어서 난 음악을 잘 듣지 않았다. 이미 양똘 사건 때 내 이어폰은 어느 곳에도 연결되어 있지 않다는 걸 들키고 말았지만 그래도 안 끼는 것보다는 나았다. 외계 신호를 듣는다고 상상하게 두지, 뭐. 정말 그런 게 들린다면 얼마나 좋을까.

연습장에 골대를 그렸다. 그리다 보니 골대가 좀 이상해 보였다. 경기장 라인 밖으로 설치된 공간. 골대는 선이기도 하고, 세로로 세워진 면이기도 했다. 흥미로운 공간이다. 나는 축구에 전혀 흥미가 없었지만, 지금도 그렇게 흥미 있진 않지만, 새로운 걸 알아 가는 재미가 있었다.

조금 전 민서 얼굴이 자꾸 생각났다. 뭐에 푹 빠진 사람의 표정이었다. 문득 민서가 사는 세상은 내 세상과 얼마나 다를까 하는 궁금증이 생겼다. 우리가 같은 세상에 살기는 하는 걸까? 민서는 몸은 한국에 있지만, 눈과 귀와 마음은 영국을 향해 있다.

교실을 둘러봤다. 스물여섯 명의 아이들. 같은 교실에 있다 뿐이지 우리의 삶은 180도 다를지 모른다. 어쩌면 그게 당연하다는 생각도 든다.

나는 새벽 축구를 보기로 마음먹었다. 축구 영상은 찾아보려면 많았다. 하지만 왜 새벽에 깨어서까지 축구를 보는지, 그것도 쉽게 갈 수 없는 해외 축구 경기를 보는 건지 이해할 수 없었다. 그래서 보고 싶어졌다. 민서가 사는 세상이 어떤 모습일지 궁금해졌다.

학교가 끝나고 편의점에 들러서 남은 용돈을 털어 봉투 한가득 과자를 사 왔다. 서랍이 꽉 차자 든든했다. 채운 김에 하나를 빼서 봉지를 뜯었다. 초코칩 쿠키를 씹으며 혹시나 해서 아침에 댓글이 달렸던 게시판에 들어가 봤더니 글이 없었다. 정말 삭제된 거다.

어, 이게 되네?

유가족이 원해서라는 말 때문일까, 변호사라는 단어 때문일까. 어찌 됐든 영상은 지워졌다. 거짓말을 한 게 조금 찔리기는 했지만, 결과를 보니 후회되지는 않았다.

조금 용기가 났다. 예담이 영상을 찾느라 보게 된 다른 사고 영상들이 떠올랐다. 보통 가벼운 접촉 사고 영상이 많았다. 사람들은 누가 잘못했는지, 몇 대 몇으로 과실이 나올지 서로 묻고 대답해 주었다.

하지만 그런 가벼운 영상 말고 끔찍한 영상도 많았다. 공중으로 한 바퀴 도는 오토바이, 쓰러진 사람, 피, 한 번에 찌그러지는 트럭, 벽을 뚫고 날아가 떨어지는 자동차. 이런 영상에는 제목에 '혐오 주의' 같은 말이 붙어 있었다. 그건 정말 주의하라는 말이 아니라, 흥미를 끌기 위한 표현이었다.

유튜브에도 사고 영상은 많았다. 사람들에게 경각심을 주기 위한 영상인지 아닌지 섬네일만 봐도 알 수 있었다. 일부러 자극적인 제목을 쓴 영상이 넘쳐났다. 제목만 봐도 저절로 얼굴이 찌푸려졌다. 우리나라뿐만 아니라 외국에서 일어난 사고 영상도 많았다.

댓글을 읽다 보면 이런 사람들과 같은 세상을 살고 있다는 게 절망적일 정도였다. 그래도 이런 자극적인 영상을 올려서 돈을 벌려는 채널 주인을 비난하는 댓글이 가끔은 있었다. 그런 댓글을 보자 내 생각이 틀리지 않았다는 확신이 생겼다.

사고 영상을 보는 건 너무 괴로웠다. 블랙박스, CCTV, 휴대폰. 기록되는 죽음이 너무나 많았다. 그리고 자꾸 늘어난다. 가족이나 지인의 사고 장면을 영상으로 보게 되는 사람들 역시 늘어난다. 자기 의도와는 상관없이 자신의 사고 장면이 인터넷을 떠도는 사람도 늘어난다. 죽은 사람의 영상은 괜찮을까? 항의해 줄 가족조차 없는 사람들은 어쩌지?

나는 다른 끔찍한 영상에도 하나하나 댓글을 달았다.

> 피해자 가족이 영상 내려 달라고 했대요. 변호사 알아보고 있대요.

학교 갔다 와서 시작했는데 어느새 밤 열두 시가 넘어가고 있었다. 두 눈이 빠질 것처럼 뻑뻑했다. 나는 침대에 뛰어들듯 누웠다.

새벽 축구

알람 진동이 한참 울리고 나서야 겨우 눈을 떴다.

4시 40분. 깜깜한 방.

멍한 머리로 내가 왜 알람을 맞춰 놨는지 생각하다 몸을 일으켰다. 몸이 물먹은 솜 같았다. 이 새벽에 일어나 축구 경기를 보는 사람들이 정말 있다고? 믿을 수가 없다.

조용히 방문을 열고 거실로 나왔다. 거실에 담긴 새벽 공기가 서늘했다. 나는 담요를 뒤집어쓴 채 리모컨에 이어폰을 연결하고 TV를 켰다. 민서가 알려 준 채널 번호를 눌렀더니 축구 중계가 나왔다. 양 팀 선수들이 입장하고 있었다.

나는 골키퍼부터 찾았다. 골키퍼는 여느 선수들과는 다른 색 유니폼을 입었다. 양 팀 다 주장은 골키퍼. 양 팀 다 골키퍼 등 번

호는 1번. 무슨 규칙이나 전통이 있는 게 아닐까 싶었다.

민서가 좋아한다는 우리나라 선수도 보였다. 멋져 보이긴 했다.

경기가 시작됐다. 축구 중계를 언제 봤는지 기억도 나지 않는다. 최근에 내가 본 축구 경기는 체육 시간이나 점심시간에 아이들이 하던 경기뿐이었다.

프로의 경기는 달랐다. 저렇게 세게 부딪치고 사람이 날아가는데도 퇴장은커녕 옐로카드도 아니라고? 해설자가 내 마음을 들여다보기라도 한 듯 오늘 심판이 관대한 성향이라며, 저 정도의 행동은 파울이 아니라 몸싸움으로 보는 거라고 했다.

관대한 심판 탓인지 선수들은 몹시 공격적이었다. 캐스터가 전방 압박이라는 표현을 썼는데 딱 맞는 표현 같았다. 압박하고, 또 압박하고. 태클하고, 공을 빼앗고. 공격권이 이 팀에서 저 팀으로 쉴 새 없이 계속 넘어갔다.

전반 37분, 민서가 좋아하는 바로 그 선수가 슈팅했다. 골키퍼가 온몸을 날렸지만 막지 못했다. 선수가 경기장 구석으로 뛰어갔다. 관중이 우르르 모여들며 선수들 머리를 때리고, 등을 두드렸다. 선수와 관객석이 하나가 되었다. 지금 이 순간 나만 덤덤한 것 같다. 내가 저 사람들을 이해할 수 있을까? 지나쳐 보일 정도의 기쁨을.

카메라가 관중석에서 펄럭이는 태극기를 잡았다. 설마 저 경기를 보려고 영국까지 간 건 아니겠지? 그냥 영국에 사는 교민이겠지? 얼핏, 민서가 북튜브를 하자고 했던 날 자기 꿈이 직관이라고 한 말이 떠올랐다. 직관이 영국까지 가서 경기를 보겠다는 뜻이었을까? 정확히는 모르지만 많은 돈이 들 텐데. 시간도.

관중은 목이 터져라 응원했다. 선수들이 입는 유니폼을 입고, 다 같이 응원가를 부르고, 아쉽게 골이 들어가지 않았을 때는 약속한 듯 양손으로 머리를 부여잡는 사람들.

세상에는 내가 모르는 영역이 많다는 생각이 들었다. 아주 당연한 일이고 이미 알고는 있었지만, 이렇게 생생히 실감하기는 처음이다. 어떤 이에게 축구는 세계이고, 우주일 수도 있겠다는 생각이 들었다. 좋아하면 좋아할수록 넓어지고 깊어지는 세계.

그런데, 이런 영역이 얼마나 많을까? 다른 사람들은 어떤 삶을 살고 있을까? 그 생각을 하자 머릿속이 아득해졌다.

나에겐 어떤 세계가 있지? 과자가 맨 먼저 떠오른다. 난 우리 동네 편의점들의 과자 위치와 가격을 모두 외우고 있다. 과자마다 다른 맛과 질감, 향을 안다. 그날그날 기분에 따라 어떤 과자를 먹어야 하는지도 안다. 어느 정도의 달콤함이 필요한지, 단단함과 바삭함과 퍼석함 중에 오늘 필요한 질감은 어떤 것인지, 어떤 과자가 내 마음을 가라앉혀 줄지 안다. 그러나 칼로리는 무시한다. 이것도 내 세계라고 할 수 있을까.

과자가 내 세계라고 하기에는 뭔가 조금 부끄러운데. 사람들은 과자를 어린애들이나 먹는다고 생각하니까. 몸을 망친다고 생각하니까. 하지만 난 과자와 떨어질 수 없는데. 혼자 내 방에 있을 때, 숙제를 해야 할 때, 불안한 마음이 들 때, 왜 불안한지도 알 수 없을 때, 아무 예고도 없이 사고 장면이 생각날 때……. 나는 과자 봉지를 뜯는다. 바삭하게 부서지는 식감과 소리와 단맛에 집중하다 보면 마음이 가라앉고, 어느새 빈 과자 봉지가 수북하고.

나는 한심한 과자 중독 비만인이 되었고, 부모님은 나에게 과자 중독 극복법 책을 들이밀고, 나는 한 장도 펼쳐 보지 않았고. 누구라도 날 한심하게 보겠지. 내 세계는 한심하다. 그게 결론이다.

아니, 이런 나를 한심하게 보지 않을 한 사람이 생각났다. 그레텔. 과자의 집에서 과자를 먹으며 살았다고 말하는 그레텔. 그러고 보니 난 어느새 그레텔과 비슷한 체형이 되어 가고 있다. 그레텔을 안 본 지 2년이 다 되어 가는데 나는 그레텔을 닮아 가고 있다.

그레텔은 어떻게 지내고 있을까? 궁금하지만 그레텔의 책집에 가고 싶지는 않다. 그레텔을 밖에서라도 보고 싶지 않다. 우리가 만나면 예담이 이야기를 하지 않을 수 없을 테니까. 그 장면은 상상만으로도 무섭다.

덜컥.

안방 문이 열리고 엄마가 나왔다. 엄마가 TV와 나를 번갈아 봤다. 축구는 후반전이 한창이었다. 내가 딴생각에 빠진 사이 상대 팀이 한 골을 넣었는지 1 대 1이 되어 있었다.

"축구…… 보는구나."

엄마는 마치 살아 움직이는 공룡이라도 본 듯한 눈빛이었다.

나도 엄마만큼 당황했다.

"그냥…… 한번 보고 싶어서."

"그래."

엄마 얼굴이 밝아졌다. 뭔가 기대감에 찬 얼굴이다.

나는 얼른 TV를 끄고 방으로 들어왔다.

기대하지 마. 그게 뭐든.

댓글

점심시간이 되자 민서가 내 자리로 왔다.

"점심 같이 먹을래? 북튜브 얘기 할 게 많은데 오후에는 학원 때문에 시간이 안 나서."

"나 점심 안······."

민서 옆에 서 있는 태린이 때문에 뒷말이 나오지 않았다. 민서가 왜 밥을 같이 먹자고 하는지 알 것 같았다. 태린이가 말했나 보다. 다이어트한다던 양고울이 교실에서 혼자 시리얼 바를 까먹고 있더라고.

"우리 시간 절약 좀 합시다."

민서가 내 팔을 잡아끌었다. 북튜브 회의 때문이라고 하니 거절할 구실이 떠오르지 않았다. 그리고 한편으로는 민서, 태린이와 함께라면 어쩌면 급식실도 괜찮지 않을까 하는 생각이 들었다. 나는 못 이기는 척 민서를 따라 일어났다.

몇 달 만에 온 급식실은 여전히 와글와글했다. 내 눈은 시키지도 않았는데 세준이를 찾고 있었다. 최대한 세준이와 멀리 떨어져 앉고 싶었다. 먹는 모습을 보이고 싶지 않았다. 다행히도 오늘 메뉴는 돼지갈비가 아니었다.

나는 민서와 태린이 뒤에 서서 급식을 받았다. 세준이 옆 테이블 아이들이 우르르 일어났다. 민서가 그 테이블로 걸어가는데 태린이가 민서를 불렀다.

"우리 저기 앉자. 해 살 들어오잖아."

태린이는 세준이에게서 먼 자리를 가리켰다. 태린이가 나와 세준이 관계를 생각해서 배려한 걸까? 알 수는 없다. 어쩌면 정말 해가 들어오는 자리가 좋았는지도 모른다.

나는 태린이 등에 시선을 고정하고 급식실을 가로질러 갔다. 듬성듬성 자리 잡고 있는 우리 반 아이들은 몇 달 만에 급식실에 나타난 나에게 아무 관심이 없었다. 당연하게도.

나 혼자 긴장한 게 우습게 여겨졌고, 그러자 뻣뻣했던 어깨와 목이 조금 풀렸다.

밥 먹는 내내 민서는 북튜브 이야기는 하지 않고, 엊저녁 6시에 음원을 공개한 한 걸그룹 이야기만 한참을 했다. 역시 북튜브 때문에 할 얘기가 있다는 건 거짓말이었다. 뮤직비디오도 동시에 공개됐는데 민서는 벌써 열 번도 넘게 봤다며 나에게도 꼭 보라고 했다.

"알았어, 알았어. 볼게. 근데 우리 북튜브 얘기는 안 해?"

"어? 아……. 맞다. 우리 북튜브 얘기 하기로 했었지? 음……. 너 왜 그림 안 줘?"

이런. 괜히 물었다 싶었다.

"나 편집하고 있는데 이제는 그림이 들어와야 해."

태린이까지 재촉했다. 태린이는 이제 나와 눈도 마주친다. 그래도 약간은 서먹한 눈빛이다.

"미안. 오늘 꼭 그릴게."

주말 내내 예담이 영상을 찾아보느라 그림에 손을 못 댔다. 예담이 영상을 찾다 다른 자극적인 영상을 보게 되면 거기에도 삭제하라는 댓글을 달았다. 지워져라, 지워져라 주문을 외우며. 나에게는 이 일이 다른 무엇보다 중요했다. 그렇다고 해도 약속한 그림은 그렸어야 했는데. 오늘은 꼭.

집에 돌아오자마자 태블릿에 스케치 앱을 깔았다. 예전에 쓰던 앱이었는데 훑어보니 다행히 크게 변한 게 없었다.

첫 번째로 그리려고 한 것은 승부차기 중 골을 막는 주인공의 모습이다.

하얗게 텅 빈 태블릿 화면이 막막해 보였다. 나는 펜을 들고 화면을 톡톡 두드렸다. 작은 점 두 개가 찍혔다. 지우개를 골라서 싹싹 지웠다. 다시 텅 빈 화면이 나를 맞았다.

사고 이후 정성 들여 무언가를 그릴 마음이 들지 않았다. 수행 평가는 대충 하는 척만 해서 내 버렸다. 그랬던 내가 북튜브 때문에, 16만 원 때문에, 과잣값 때문에, 민서와 태린이 때문에, 김은한 때문에, 뭐가 정확한 이유인지는 모르지만 어쨌든 이제 그림을 그리려고 한다.

잘 그릴 수 있을까?

고민은 사치. 가야 한다. 마감이 코앞이다. 내 그림을 기다리는 민서와 태린이를 떠올렸다.

인터넷에서 승부차기 사진을 찾아 맨 아래에 깔았다. 골키퍼가 사선으로 뛰어올라 손끝으로 공을 쳐 내는 장면이다. 사진은 마음에 들었다. 이제 선을 따야 하는데……. 어떤 펜을 고르지? 연필? 사인펜? 색연필? 앱에는 펜이 너무 많다. 펜을 고르면 굵기를 골라야 하고, 색을 골라야 하고. 그 긴 길을 갈 수 있을까.

가슴이 기분 나쁘게 두근거렸다. 머릿속에 불쾌한 무언가가 우글우글 들어차는 느낌이 들었다.

과자가 필요한 순간이다. 불안과 초조와 우글우글을 몰아내 줄 달콤함과 바삭함이 절실하다. 나는 과자 서랍을 열었다.

텅. 터엉. 빈 서랍이 소리를 내는 것 같다. 쟁여 놓았던 과자들이 모두 사라졌다.

나는 깊은 한숨을 내쉬고는 책상 위에서 동그란 눈으로 나를 바라보고 있는 돼지 저금통 코를 열었다. 이리저리 흔들어 가며 500원짜리만 모아 주머니에 넣었다. 동전을 많이 모아 둔 초등학생 때 나를 칭찬하며. 그때는 이 돈을 과자에 탕진하게 될 줄은 몰랐지만.

편의점에 가서 초콜릿이 안에 들었거나, 한 면에 두껍게 발렸거나, 통째로 초콜릿인 과자들을 바구니에 담았다. 머리로는 과잣값을 더하느라 바빴다. 오뜨 초코, 다이제 초코, 브라우니, 초코칩 쿠키, 빈츠.

집에 돌아와 차곡차곡 서랍을 채웠다. 꽉 찬 서랍을 보니 마음이 든든했다.

하얀 화면을 다시 띄우고 과자를 먹었다. 브라우니부터. 과자를 먹으니 정신이 집중되는 듯했다.

연필을 골라서 그림 선을 땄다. 골대와 사선으로 날아오르는 골키퍼, 손끝에 걸린 공을 그렸다. 골대 뒤 관중까지는 그리지 못했다. 생각해 보니 중학교 축구 대회에는 이렇게 관중이 많을 것 같지도 않았다.

이제 골키퍼를 중학생 모습으로 바꿀 차례였다. 지금은 너무 외국 청년 모습이었다.

중학생 남자아이.

정말 이상하게도, 학교만 가면 중학생 남자아이들이 널려 있는

데도, 어떻게 그려야 할지 감이 잡히지 않았다. 세준이 얼굴이 잠시 떠올랐지만 얼른 고개를 저었다.

김은한은 어떻게 생겼을까? 표지에도 뒷모습뿐이고, 책을 다시 훑어봤지만 외모 묘사는 없었다. 전부 내 상상으로 채워야 했다. 골키퍼니까 키가 클 테고, 팔다리가 길 테고…….

최우람?

최우람은 아이돌 데뷔를 준비하는 옆 반 아이다. 벌써 우리 학교에 비공식 팬클럽이 있을 정도다. 나는 걔가 그 정도인가 싶긴 하지만, 키 크고 팔다리 길고에 딱 어울리는 체형이다. 나는 최우람을 떠올리며 그림을 손봤다.

얼굴을 다 고치고 나서 이런 분위기로 가면 될지 물어보려고 채팅방에 올렸다. 올린 지 10초도 채 안 되어 민서가 내 그림 실력이 이 정도일 줄은 몰랐다며 놀라워하는 이모티콘을 보냈다. 도대체 그동안 미술 시간엔 왜 그랬느냐면서.

> 그냥 사진 깔고 선만 딴 거야.

선이 그냥 선이 아닌데?
아티스트의 감각이 느껴져.

주인공 얼굴은 또 왜 이렇게 잘생긴 거야!
근데 쟤 누구 닮은 것 같다.

나는 최우람 이름을 대기가 껄끄러워서, 민서가 좋아하는 축구 선수 이름을 댔다. 민서는 역시, 진짜 닮았다며 좋아했다.

태린이도 민서처럼 호들갑까지는 아니지만 "책 분위기와 그림이 잘 어울리네."라고 했다. 아무리 봐도 칭찬 같았다. 태린이가 나에게 칭찬을? 나도 모르게 웃음이 새어 나왔다.

잠시 화장실을 갔다 오니 퇴근한 엄마가 내 방에 들어와 있었다. 엄마는 내 책상을 내려다보고 있었다. 내 그림! 나는 얼른 뛰어가 태블릿을 덮었다.

"다시 그림 그리는 거야? 그림 정말 좋다. 축구 보니까 그리고 싶어졌어?"

나는 아무 대답도 하지 않았다.

"카톡도 계속 오더라? 누구야? 반 친구들?"

"숙제 때문에 연락하는 거야."

"그렇구나. 과자는 좀 덜 먹지 그래?"

엄마가 책상 위에 널린 빈 과자 봉지들을 줍기 시작했다. 서랍을 털어 간 직후에 다시 나타난 과자가 반가울 리 없었다. 평소 같으면 과자 봉지만 봐도 목소리가 냉랭해졌을 텐데 지금 엄마 목소리는 밝고 높다. 납작해진 과자 봉지들이 엄마 한 손에 다 들어갔다.

엄마가 방을 나가다 뒤돌았다.

"고울아, 네가 조금씩 돌아오는 것 같아서 기뻐."

뭐지? 엄마는 혼자 잔뜩 감동한 얼굴이었다. 새벽에 일어나 축구를 본 것, 다시 그림을 그린 것, 친구들과 연락하는 것. 이런 일들이 엄마에게는 어떤 신호로 느껴진 걸까? 제발 그냥 나가 줬으면 좋겠는데, 엄마는 기어이 말을 덧붙였다.

"그때 그 결정은 널 위한 거였어. 네가 너무 힘들어해서 널 보호해야 했어. 엄마 아빠를 이해해 주면 좋겠다. 이제 그럴 나이일까."

엄마가 방을 나갔다.

그 결정이라면 장례식을 알려 주지 않은 걸 말하는 듯하다. 나는 정말 부모님을 이해할 나이가 되었을까. 그럴 나이일까.

몇 개 더 그릴 생각이었는데, 엄마가 왔다 간 뒤로 의욕이 연기처럼 사라졌다.

태블릿 화면을 끄려고 할 때 댓글 알람이 왔다.

난 며칠 동안 다른 사고 영상들에 계속 댓글을 달았다. 대개는 무시당했지만, 가물에 콩 나듯 영상이 삭제되기도 했다. 가끔은 나에게 화를 내고 시비를 거는 경우가 있어서 댓글 알람이 반갑지만은 않았다. 그래도 확인은 해야 했다.

댓글 알람을 클릭했다.

> 진짜인가요?

'그럼 내가 거짓말이라도 한단 말이야?'라고 생각하다가 아차

했다. 내가 댓글로 단 변호사 어쩌고저쩌고는 다 거짓말이 맞으니까. 나는 일단 우기기로 했다.

> 네. 다른 카페에서 봤어요. 고소한다더라고요.

조금 뒤 다시 댓글이 달렸다.

> 고소요?

> 네. 이런 영상들이 유가족에게 얼마나 큰 상처가 되는지 모르시나요?

> 저 영상 제가 안 올렸는데요?

> 그럼 가던 길 가세요.

우리는 실시간으로 싸웠다. 내가 올리면 1분 내로 댓글이 달렸다. 그러다 잠시 상대가 멈췄다. 이제 그만하려나 보다 싶었는데, 다시 댓글 알람이 떴다.

> 혹시 잉어빵 좋아하세요?

댓글을 보자마자 숨이 턱 막혔다. 누가, 왜. 왜 이런 질문을……. 마치 아는 것처럼. 저 잉어빵을 든 사람이 나인지 아는 것처럼.

온몸이 저릿했다. 코끝으로 비릿한 냄새가 스쳐 지나갔다. 이건 가짜 냄새다. 그걸 알면서도 내 코는, 내 머리는, 비린내를 맡

고 있다. 나는 한 손으로 코를 막았다. 그러나 냄새는 사라지지
않는다.

다시 알람이 울렸다.

> 저 책은 누구 책일까.

두꺼운 책에 머리를 맞은 느낌이었다. 저 책이 내 책이라는 걸
아는 사람은 거의 없다.

나는 댓글 창을 닫았다.

곧바로 창문 커튼을 쳤다. 방문을 잠갔다. 이불을 뒤집어쓰고
웅크렸다. 하지만 누가 나를 보고 있는 것 같았다. 내 바로 옆에
서. 나는 덜덜 몸을 떨며 눈을 꼭 감았다.

B안

아무것도 먹고 싶지 않은데 민서와 태린이가 나를 끌고 급식실로 갔다.

"먹어야 그리지."

민서가 나를 끌고 가며 한 말이다.

먹어야 힘내서 학교 가지. 내가 방에 틀어박혀 있을 때 부모님이 했던 말이다. 그때 나는 밥류는 거의 먹지 못하고 과자류만 겨우 먹었다. 그래도 살이 쑥 빠졌다. 그 뒤로 밥과 과자를 같이 먹었더니 살이 확 쪘지만.

식판 위 흑미밥에 윤기가 흘렀다. 제육볶음과 연두부는 내가 좋아하는 반찬이다. 하지만 어디에도 손이 가지 않았다.

나머지 그림을 그려야 하지만 아무것도 할 수 없었다. 아이들과 한 약속을 지키고 싶은데 머릿속에는 댓글만 어른거렸다. 그림 앱을 켜면 손이 떨렸다. 과자를 줄기차게 먹어 봤지만 어떤 과자로도 안 되는 일이 있었다. 처음 그린 스케치 한 장이 지금까지 내가 그린 유일한 그림이었다.

그 사람은 누굴까. 그 책이 내 책이라는 건 어떻게 알았을까.

급식실 맞은편 테이블에 세준이가 앉아 있었다. 세준이가 나를 봤는지는 모르겠지만, 신경 쓰지 않으려고 해도 신경이 쓰였다. 오늘도 돼지갈비가 나오지 않은 것에 고마워해야 하나. 내가 왜 그깟 말 때문에 지금까지 영향을 받는 거지. 한심하다, 양고올. 너 한심해. 많이 한심해.

연두부는 플라스틱 용기에 포장되어 있었다. 윗면 비닐을 벗겨야 하는데 비닐 끝이 잘 잡히지 않았다. 나는 잠시 눈을 감고 한숨을 내쉬었다.

나는 겨우 비닐 끝을 잡고 껍질을 뜯어냈다. 그런데 비닐이 여러 갈래로 찢어지면서 대각선으로 반만 뜯겨 나왔다. 나는 연두부를 식판에 탁 내려놓았다.

난 왜 이런 일도 못 하는 거지? 갑자기 눈에 눈물이 고였다.

내 식판 위로 손이 쑥 올라왔다. 태린이였다. 태린이는 야무진 손끝으로 비닐 끄트머리를 살살 벗겨서 깨끗이 떼어 내더니 내 식판에 올려놓았다.

얘는 왜 나한테 잘해 주는 것 같지? 그동안 우린 계속 모른 척

했는데. 왜.

민서가 태린이와 나를 번갈아 보다 물었다.

"너 무슨 일 있어?"

나는 고개를 젓고 연두부를 숟가락으로 크게 떠서 먹었다. 연두부는 부드러웠다. 그래서 연, 두부겠지. 이 연약함을 플라스틱 용기에 숨기고 있었겠지. 거기서는 안전한 줄 알았을 거다. 하지만 비닐 껍질은 끝내 벗겨지고 만다. 쇠숟가락이 푹, 연두부를 떠내고 만다. 조각내고 만다. 결국에는 이렇게 될 거였다.

"양념 얹어서 먹어."

태린이가 말했다. 무심한 듯, 다정하게. 나는 양념을 얹고 다시 숟가락 가득 연두부를 떴다. 두 숟가락 만에 연두부는 거의 남지 않았다. 두부를 입에 넣을 때 세준이와 눈이 마주쳤다. 세준이가 먼저 고개를 숙였다. 되는 일이 없다.

급식실을 나가던 민서는 오늘 새벽 축구가 져서 기분이 꿀꿀하다며 비타민 D를 만들러 가자고 했다. 우리는 운동장에 놓인 나무 의자에 앉았다. 공기가 살짝 서늘한데도 가을 햇볕은 따가울 정도였다. 민서는 눈을 감고 해를 향해 얼굴을 들었다. 그러더니 태린이와 나에게도 어서 하라고 성화였다. 가을 햇볕은 보약이라면서. 자기네 할머니가 그랬다면서.

"할머니 때는 자외선이 적었겠지."

태린이는 투덜거리면서도 해를 향해 얼굴을 내밀었다. 민서는 나에게도 얼른 해를 바라보라고 했지만 나는 두 아이만 바라봤다. 해바라기 두 송이가 피어 있는 듯하다. 나는 절대 저런 모습이 될 수 없겠지.

나는 해를 보는 대신에 고개를 숙였다. 이 학교 어디에 댓글을 단 사람이 있을 수도 있다. 지금도 나를 보고 있을지 모른다.

"하여튼 우리 고울이는 고분고분 넘어가 주는 일이 없더라."

민서가 나를 보며 입을 비죽거렸다.

"근데 너 진짜 이러기야? 다음 주 월요일이 마감이야. 벌써 목요일이고. 그림을 내놓으란 말이야."

민서가 손바닥을 내밀며 달라는 시늉을 했다.

"못 그리겠어."

"무슨 일 있어? 요즘 너 정신 가출한 사람 같아. 왜 안 그리는 거야?"

"안 그리는 게 아니라 못 그리는 거라고. 나도 미안해."

"뭔 일 있지?"

"없거든?"

"왜 화내냐?"

"화 안 냈는데?"

마음은 그렇지 않은데 자꾸 말이 모나게 나갔다.

"이거 계약 사항 위반이야."

"우리가 언제 계약했어?"

"허. 이렇게 배신 때리겠다 이거지?"

민서 목소리가 높아졌다.

배신이라는 말을 듣자마자 온몸에서 힘이 쭉 빠졌다. 나는 다시 고개를 숙였다.

민서가 당황한 목소리로 나에게 물었다.

"양고울, 너 왜 그래? 지후가 또 양똘이라고 그래? 내가 혼내줄게!"

민서는 지후와 친한 편이었다. 둘은 같은 축구 선수 팬이었다.

"아냐? 그럼 쌤이 또 다이어트 얘기 했니? 신고하자. 나라면 벌써 신고했어."

민서는 계속 무슨 일이냐고 물어 댔다. 마치 내 친구라도 되는 것처럼.

태린이도 걱정스런 눈길이었다. 마치 내 친구라도 되는 것처럼.

나는 숨을 한 번 들이쉬고, 다시 내쉬었다. 서늘한 공기가 폐속을 채웠다 나갔다. 공기는 어쩌면 수많은 사람이 내쉰 숨일 것이다. 민서와 태린이와 나는 가까운 자리에서 숨을 공유하는 사이다. 그런 게 친구일까.

"그게……."

나는 말을 하려다 다시 입을 다물었다. 우리의 숨은, 내 고민을 털어놓을 만큼 충분히 섞이지 않았다.

기분이 엉망진창인데 하필 5교시가 담임 선생님 수업이었다.

나는 책에 고개를 박고 있었지만 아무것도 보고 있지 않았다.

그때 바지 주머니 속에서 휴대폰 진동이 울렸다. 나는 작은 진동에도 깜짝깜짝 놀랐다. 댓글이 다시 달린 걸까. 살짝 휴대폰을 꺼내서 화면을 보려 할 때였다.

"양고울, 딱 걸렸다."

선생님이 성큼성큼 내 자리로 걸어왔다.

"이번 시간은 압수다. 쉬는 시간, 점심시간에만 쓰기로 약속했잖아. 한 명이라도 규칙 어기면 반 전체 일주일 휴대폰 소지 금지. 너희가 정한 거다. 기억하지?"

"아!"

교실 여기저기서 탄식이 들려왔다. 몇몇 아이는 도끼눈을 뜨고 나를 바라봤다. 나는 고개를 숙였다.

선생님은 내 휴대폰을 들고 교탁으로 걸어갔다. 그때 다시 진동이 울렸는지 선생님이 내 휴대폰 화면을 봤다.

"미울님, 영상 바로 삭제할 테니까 한 번만 봐주세요? 너 요새 누구 협박하고 다니니?"

"보지 마세요!"

"일부러 본 게 아니고 뜬 건데? 근데 미울은 뭐야? 아! 고울 반대말?"

국어 선생님답게 내 아이디 뜻을 바로 알아챘다. 내 얼굴은 확 달아올랐다.

아이들 눈빛이 순식간에 짜증에서 호기심으로 변했다. 그 눈빛들이 아무것도 캐내지 못하게 나는 다시 고개를 푹 숙였다.

그날 밤. 나는 휴대폰을 꼭 쥐고 과자를 입에 욱여넣었다. 댓글이 다시는 달리지 않기를 바라다가도, 누구인지 너무나 궁금해서 댓글이 다시 달리기를 바라기도 했다. 생각이 이랬다저랬다 해서 나조차도 뭐가 내 진심인지 헷갈렸다. 납작한 종이 상자 안 마지막 오뜨를 뜯을 때 휴대폰이 울렸다. 심장이 덜컥 내려앉았다가 메시지 주인을 보고 다시 안심했다. 민서였다.

민서는 사진 한 장을 보냈다. 사진을 보는 순간 나는 휴대폰을 떨어뜨릴 뻔했다. 그건 내가 단 댓글 화면 캡처였다. '삭제해 주세요.'

너 어떻게…….

쌤이 네 휴대폰 볼 때 내 자리에서 화면이 보였어.
무슨 앱 알람인지 다 보였고. 미올로 검색했더니
나오더라.

네가 그동안 뭘 했는지 알게 됐어.
예담이 블랙박스 영상 지우고 다녔잖아.
존경.

이건 왜 찾은 거야?
너랑 상관없잖아. 신경 꺼.

다음 사진이 전송되었다. 이번에는 작게 비명이 나왔다. '혹시
잉어빵 좋아하세요?' '저 책은 누구 책일까.' 댓글을 캡처한 사진
이었다.

> 자세히는 모르겠지만 요 며칠
> 이상했던 거 이 댓글 때문이지?

> 내가 도와줄게. 털어놔 봐.

내가 왜 그래야 해? 신경 끄라니까?

> 너 그림 그려야지.

> 걱정거리는 나한테 다
> 넘기고 넌 그림에 집중해.

허. 헛웃음이 나왔다. 어이가 없었다.

넌 북튜브가 그렇게 중요해?

내 뒷조사까지 할 만큼?

> 응.

그깟 축구 선수가 좋아서?

> 너도 내가 한심하니?

대답할 말을 생각하는데 휴대폰이 울리며 민서 이름이 떴다.
안 받으면 계속 걸 것 같아서 받았다.

민서는 다다다다 자기 얘기를 쏟아 냈다. 민서는 요즘 부모님과 싸우고 있다고 했다. 부모님이 중 3이 되는 내년부터는 축구 보는 것도, 직관 가는 것도 끊으라고 했단다. 더 늦기 전에 공부해야 한다고, 새벽에 축구 보면서 공부를 어떻게 할 거냐고 했다는 거다. 대학 가서 마음대로 살라면서.

"다 맞는 말 아니야?"

"야! 뭐가 맞아? 내년 1년에 고등학교 3년이면 리그 경기만 38곱하기 4. 사 팔 삼십이, 사 삼 십이, 152 경기야. 컵대회는 또 따로 있고. 선수님은 거의 선발로 나올 텐데 그걸 다 놓치라고? A매치 때 선수님이 영국에서 비행기 타고 올 텐데, 한국에 있는 나더러 책상 앞에나 앉아 있으라고? 내 4년만 중요해? 선수님 4년은 더 중요해. 그사이에 은퇴할 수도 있다고."

민서가 갑자기 울먹였다. 나는 당황해서 "어, 어." 하기만 했다.

"축구를 꼭 지켜 낼 거긴 한데! 어쩌면…… 이번 A매치가 마지막일지도 모른단 말이야."

민서는 이제 목놓아 울기 시작했다.

나는 민서가 이렇게 많이 괴로워하고 있는 줄은 상상도 못 했다. 이렇게 간절한 줄도 몰랐다. 이건 축구 경기 한두 번 본다고 알 수 있는 마음이 아니었다. 나는 누구를 이렇게 깊이 좋아해 본 적이 없었다.

"끊자!"

민서는 갑자기 전화를 뚝 끊었다.

> 나 잠시 정신 나갔었나 봐. 나도
> 사실 요즘 제정신 아니야.

> 진짜 부끄럽다. 잊어 줘.

> 근데 내가 도와줄게. 내 얘기 다
> 털어놨으니까 너도 이제 털어놔.

네가 도와줄 수 없는 일이야.

한참 동안 채팅창이 조용했다.

> 어쩔 수 없네. B안으로 가는 수밖에.

B안?

의아해하는 나에게 민서는, 마감은 다가오고 그림 진도는 안
나가는데 자기가 대안도 안 만들어 놨을 것 같으냐고 했다. 공모
전 하나 나가는 데 A안, B안 준비하는 민서가 이상해 보이면서도
속으로 다행이다 싶었다.

하지만 B안이 뭔지 듣고 나니 경악스러웠다. 당장 이 팀에서
빠지고 싶을 만큼.

쿵!

토요일 새벽 다섯 시. 오늘도 축구 경기를 본다. 축구를 보려고 일어난 건 아니고, 잠을 잘 수가 없었다.

내가 거짓말로 댓글을 단 사실을 아는 사람. 그 책이 내 책이라는 사실을 아는 사람. 그런 사람이 있다. 그리고 그 사람과 나는 인터넷에서 마주했다.

그 사람의 목적은 뭘까? 그 책이 내 책이었다는 사실을 알리고 싶은 걸까? 하지만 거의 2년 전 일인데 이제 와서 왜.

그래도 난 두려운 마음이 들었다. 그 책이 내 책이었다는 걸 지금이라도 알게 된다면, 책이 논란이 됐을 때 침묵한 나를 비난할 사람이 많을 거다. 내가 그때는 그런 일이 있었다는 걸 몰랐다고 얘기해도 믿어 주지 않을 거다.

댓글을 단 사람은 어쩌면 아주 가까운 곳에서 나를 보고 있을 지도 모른다. 그 생각만으로도 가슴이 쿵쾅거렸고, 한 자세로 오래 누워 있을 수가 없어서 계속 뒤척거렸다. 뒤척일 때마다 옷이 몸에 감기는 느낌이 싫어 자꾸만 손으로 옷을 떼어 냈다. 그러느라 선잠을 자다 깨고를 거듭했다. 그렇게 새벽이 되었다.

그러다 혹시 오늘도 축구를 하나 싶어서 조용히 거실로 나가 TV를 틀었다. 정말 축구를 하고 있었다. 지구에서 잠시라도 축구 경기가 열리지 않는 순간이 있을까?

오늘 경기는 영국 리그가 아니고 스페인 경기다. 영국은 프리미어리그라고 했는데, 스페인은 라리가라고 했다. 여기에서도 우리나라 선수 한 명이 뛰고 있었다. 하지만 난 우리나라 선수보다 골키퍼에게 더 눈이 갔다.

이 팀은 공격이 약한지 줄곧 수비만 했다. 골키퍼는 쉴 틈이 없었다. 계속 수비 위치를 잡아 주고, 소리치고, 손짓하고. 수비수만 수비를 하는 게 아니라 팀 전체가 다 수비를 하고 있었다. 밀고, 당기고, 태클하고. 결국 공이 옆 라인으로 나가면서 소유권이 넘어왔다. 골키퍼는 수비한 선수와 하이 파이브를 했다.

골을 막는 건 최종적으로는 골키퍼 몫이지만, 골대 앞에서 골키퍼는 혼자가 아니었다. 그냥 그 생각을 했을 뿐인데 눈물이 핑 돌았다.

후반전이 반쯤 지나갔다. 방문이 열리고 또 엄마가 나왔다. 엄마는 주말에 늦잠을 자는데. 오늘은 정말 쥐 죽은 듯 조용히 봤는데도 엄마는 일어났다. 나를 감시라도 하는 건지.

"축구 보는 거야?"

엄마가 부은 눈을 겨우겨우 뜨며 나를 보고 있었다.

"다 봤어. 이제 가야 해."

나는 리모컨 전원 버튼을 눌렀다. 어느새 창밖이 밝아 오고 있었다.

"이 시간에 어딜?"

"학교."

"이 새벽에? 오늘 토요일이잖아."

"축구하러."

"축구?"

엄마는 자기가 뭘 잘못 들었나 싶은 얼굴이었다.

"축구……. 혼자?"

"혼자 안 가. 애들이랑 가."

"애들? 친구들?"

고개를 끄덕이자 엄마가 살며시 웃었다.

엄마는 기지개를 켜더니 베란다로 나가 블라인드를 올렸다. 새벽빛이 들어오며 거실이 더 밝아졌다. 엄마의 콧노래 소리가 들린다. 가사는 없는데 나는 알아들을 수 있다.

우리 고울이가 돌아왔어. 부모가 기다리면 아이들은 결국은 돌아오지. 제자리로.

엄마 그거 아니야. 아니라고. 결국 돌아오는 건 내가 숨긴 것들이야. 어떡하든 돌아와.

약속 시간은 여섯 시 반이었다. 나는 5분 일찍 학교 운동장에 들어섰다. 새벽 공기가 너무 차가워서 몸이 저절로 움츠러들었다. 나는 양손을 비벼서 차가운 볼을 감싸 쥐었다.

민서의 B안은 동영상을 찍는 거였다. 수상작을 다시 살펴봤더니, 그림을 활용한 작품은 많지만 직접 연기한 작품은 없었다는 거다. 줄거리 소개 코너에 그림 대신 우리가 직접 찍은 영상을 넣으면 눈길을 확 끌 거라고 했다.

우리의 발 연기는 오히려 역효과를 낼 거라고 민서를 말려 봤지만, 민서는 발 연기가 포인트가 될 거라고 했다. 민서 머릿속에는 이미 새로운 계획이 들어차 있어서 아무리 말려도 소용이 없었다.

연기? 카메라가 나를 향하고, 내가 그 앞에서 대사를 읊고, 혹시라도 상을 받으면 그 영상이 유튜브에 올라가고……. 그런 걸 나더러 하라고?

요즘 난 거울도 보지 않는다. 거울 속 나와 눈이 마주칠까 봐 먼저 피한다. 셀카는 찍은 지 500년쯤 된 것 같다.

나는 안 한다고 버텨도 보고, 쉬는 시간마다 교실에서 도망도

쳐 봤지만, 민서는 끈질기게 나를 따라다녔다. 연기를 하느니 다시 그림을 그리겠다고 마음먹었다가도 불안한 생각 때문에 도저히 집중할 수가 없었다.

내가 버티고 버티자 민서는 다시 자기 선수님 이야기를 하며 내 앞에서 눈물을 쏟으려고 했다. 마지막 직관, 먼 자리에서는 얼굴 알아보기도 힘들다, 꼭 가까이서 봐야 한다, 자기 목소리를 선수님께 들려드려야 한다. 나는 굳이 왜? 라는 의문이 들었다. 그 많은 사람들이 소리를 지르는데 민서의 목소리가 닿을까? 닿더라도 그게 그 선수에게 의미가 있을까? 수많은 관중 가운데 한 명일 뿐인데.

민서는 아무래도 과몰입하고 있는 듯하다. 민서 부모님이 왜 민서를 축구에서 떼어 놓으려 하는지 이해가 갔다. 누구를 좋아하는 일은 기쁨만큼의 괴로움이 따라오는 것 같다.

"알았어. 할게. 하면 되잖아."

민서의 간절함을 보고 마침내 나는 포기했다. 어떻게든 되겠지 하는 마음도 있었다. 사다리 타기를 해서 내가 주인공 역에 걸리기 전까지는.

내가 김은한이라니. 내가 축구 선수라니. 내가 골키퍼라니.

당황한 나를 보고 민서는 걱정할 것 하나도 없다며, 그냥 자기가 시키는 동작 몇 가지만 하면 된다고 계속 나를 안심시켰다.

어제는 점심시간을 이용해 몇 장면을 찍었다. 교실에서 내가 책상에 엎드려 있는 모습과 축구하는 아이들을 창가에서 무표정하게 내려다보는 모습이었다. 내가 자주 하던 행동이라서 딱히 연기라고 할 만한 동작은 없었지만, 그래도 어깨가 뭉치고 얼굴 근육이 떨렸다. 민서는 멀리서 찍기 때문에 그런 건 하나도 문제 될 게 없다며 자꾸만 내 모습이 딱 좋다고 했다. 그래도 나는 반 아이들이 나를 흘깃거리며 웃는 것 같아서 신경이 곤두섰다.

나머지는 축구 경기 하는 장면이었는데, 나는 아이들이 없을 때 찍겠다고 버텼다. 그래서 난생처음으로 토요일 새벽 운동장에 서 있는 거다. 일곱 시부터는 조기 축구회 사람들이 운동장을 빌려 쓰기 때문에 그 전에 후딱 영상을 찍고 나오기로 했다.

아직 30분 전인데도 조기 축구회 아저씨 한 명이 벌써 몸을 풀고 있었다. 아저씨는 새벽에 학교에 나타나 어슬렁거리는 나를 경계하듯 보고 있었다. 아저씨, 여기 우리 학교거든요.

"으, 춥다."

민서와 태린이가 차례로 운동장에 들어섰다.

"우리 후딱 찍고 오이김밥집 가자. 문 열었더라. 거기가……."

"김밥 맛집이라고?"

"오, 시도는 좋아. 하지만 땡! 거기는 우리 동네 우동 맛집이야."

민서 너스레에 웃음이 나왔다. 한 번 웃고 나니 한껏 쪼그라들었던 몸과 마음이 조금 펴지는 듯했다. 마음이 편해지자 민서와 태린이와 함께 있는 이 시간을 내가 기다렸다는 생각이 들었다.

우리는 먼저 1장 승부차기 장면을 촬영하기로 했다. 민서가 공을 차고, 내가 골대에서 공을 막아야 한다.

태린이가 들고 온 커다란 가방 속에서 축구공 세 개와 골키퍼 장갑과 축구화가 나왔다. 디테일이 영상을 살리기 때문에 일주일 동안 심부름해 주는 조건으로 오빠한테 빌려 왔다고 했다. 장갑은 오빠 친구 것이라고 했다.

일주일 심부름이라니. 난 오빠도 언니도 없지만, 분명 보통 귀찮은 일이 아닐 거다. 그러고 보면 태린이는 늘 북튜브에 진심이었다. 하긴 태린이는 무슨 일이든 묵묵히 열심히 해내는 스타일이었다. 브이로그를 봐도 몇 시간씩 묵묵히 문제집을 푼다. 그리고 왕창 틀린다. 그래도 또 푼다. 도대체 그런 영상을 사람들이 왜 보는지는 알 수 없지만, 나도 태린이가 문제집 풀고 인강 듣는 영상을 멍하니 보곤 했다.

그러다 며칠 전 태린이 새 영상을 보다가 작은 것 하나를 깨달았다. 열심히, 묵묵히 일하는 사람에게서 나오는 빛이 있다는 거였다. 영상 속에서 태린이는 그런 빛을 뿜어내고 있었다. 예담이도 그 빛을 봤을까. 그래서 태린이와 친하게 지냈을까. 물어보고 싶어도 물어볼 곳이 없는 질문을 다시 집어넣었다.

나는 큼직한 장갑과 약간 찝찝한 축구화를 신었다. 축구화는 내 발에 컸지만, 끈을 꽉 조이니 벗겨지지는 않을 듯했다.

이제 준비는 끝났다. 골대로 가야 했다. 그런데 발이 쉽게 떨어지지 않았다.

민서가 내 등을 떠밀었다.

"부담 없이 하자. 우리에게는 금손 편집자가 있잖아."

나는 고개를 끄덕이고 골대 앞에 섰다. 다시 봐도 골대는 너무나 넓었다.

그런데 예상치 못한 문제가 생겼다. 민서가 차는 공이 이 넓디넓은 골대 안으로 들어오지 않는다는 거였다. 차는 족족 골대까지 오지 못하거나, 골대 좌우로 벗어났다. 민서가 주저앉아 깔깔웃어 대는 동안 나는 골대 뒤로 흘러간 공을 주우러 다니느라 금세 숨이 찼다.

그래도 몇 번 더 연습하자 차츰 공이 골대 안으로 들어왔다. 태린이가 촬영을 시작하겠다고 했다.

이제 내가 막아야 할 차례였다.

"고울아, 너랑 나랑 이제부터 기 싸움을 해야 해. 승부차기에서 중요한 건 자신감이야. 너는 날 절대 못 막을걸? 아닌데? 나는 네가 어느 방향으로 찰 줄 아는데? 아니, 나 다른 방향으로 찰 건데? 이렇게 서로서로 속이는 거지."

그런데 기 싸움은커녕 민서가 차는 방향을 미리 알려 줘도 막기가 힘들었다. 손을 뻗어 보고 발을 뻗어 봐도 공을 건드리지 못했다. 경기에서 본 장면처럼 몸을 날리는 건 상상조차 할 수 없었다. 이 흙바닥에서 몸을 날렸다가는 갈비뼈 부러지는 건 시간문제였다.

그래도 민서의 공은 조금씩 정교해졌고, 내 착각일지 모르지만 나도 아주 조금 민첩해졌다.

열 번이 훌쩍 넘어갔을 때쯤, 공이 내 정면에서 살짝 오른쪽으로 날아왔고, 나는 손을 뻗어 공을 막았다. 나는 나도 모르게 소리를 질렀다.

내가 공을 막아 내다니! 공을 쳐 낼 때의 감각이 손끝에 고스란히 남아 있었다. 온몸이 저릿했다. 나는 내 오른손을 들어 한참을 바라봤다.

"잘 찍혔어! 다음 장면 찍자."

태린이가 오케이 사인을 냈다.

다음은 장례식장 장면이어야 하지만, 아이들은 나를 생각해서인지 사진으로 대체하기로 했다. 태린이가 저작권 없는 사진을 모아 놓은 사이트에서 장례식장 사진을 골라 놓았다. 그런데 사진이 영 책과 어울리지 않았다. 외국 장례식장 사진이었는데, 앞에 관이 놓여 있고 검은 정장을 입은 사람들이 의자에 앉아 눈물을 흘리는 모습이었다. 되게 이상해 보이긴 하겠지만, 무료 이미지는 다 이런 것뿐이어서 어쩔 수 없다고 했다.

다음은 골대에 서서 공을 피하는 주인공을 찍을 차례였다. 열 번쯤 엔지를 내고 나서 겨우 영상을 건졌다.

주인공이 축구 경기를 보러 가는 장면은 축구 경기 사진으로 처리하기로 했다.

이제 마지막은 주인공이 골대를 향해 뒤돌아서서 공을 맞는 장면이었다.

이번에는 태린이도 영상 안에 들어오기로 했다. 공 여러 개를 앞에 놓고 둘이 나를 향해 마구 공을 차 대는 장면이다. 공 세 개는 부족한 듯해서 조기 축구회 아저씨한테 더 빌려 왔다.

태린이는 운동 감각이 좋았다. 차는 족족 골대 안으로 들어왔다.

"나 어렸을 때 축구 학원 다녔거든. 다 까먹은 줄 알았는데."

"어쩐지! 네가 조연 맡지 그랬어."

"아냐. 얼굴이 네가 나아."

"그런가?"

민서와 태린이의 주거니 받거니 덕담이 이어지고 나서 촬영이 시작됐다. 태린이가 삼각대에 설치한 휴대폰 타이머를 누르고 뛰어왔다.

아이들이 공을 찼다. 난 뒤돌아서서 공을 맞으면 된다. 주인공은 공만 보면 피하는 걸 막으려고 뒤돌아 있는 거다. 일단 피하지는 말자는 마음으로. 언젠가는 앞을 볼 수 있으리라 생각하며 그렇게 몸으로 공을 맞는다.

그런데 민서와 태린이가 찬 공은 골대 안으로는 들어왔지만, 나를 맞히지는 못했다. 열 개 중 한두 개만 나를 맞혔다.

결국 우리는 장면을 나눠서 찍기로 했다.

아이들이 공 차는 장면만 먼저 찍었다. 내가 공에 맞는 장면을 찍을 차례가 되었다. 나만 클로즈업하고, 민서와 태린이가 앵글 밖에서 손으로 공을 던져 나를 맞혔다. 튕겨 나간 공은 바로 다시 던지기.

내가 할 일은 하나였다. 아파도 참기. 피하지 말기. 주인공처럼.

민서가 리얼하게 찍어야 한다며 미리 미안하다고 사과했다. 얼마나 세게 던지려고 저러나 싶어서 나는 마음의 준비를 했다.

촬영이 시작되자 인정사정없이 공이 쏟아졌다. 가까이에서 정확히 던지는 공은 엄청 매웠다. 뒤에서 무방비로 공이 날아온다고 생각하니 겁이 났다. 정말 이 방법뿐이었을까? 이건 자기를 괴롭히는 짓이다. 작가를 찾아가 따지고 싶다. 김은한에게는 시간이 더 필요하다고. 이렇게 골대 앞에 세워 두면 어떡하냐고.

"누가 떠민 게 아니고 김은한이 스스로 선택한 거예요."

작가의 말이 귀에 들리는 듯했다. 그건 사실이다. 김은한은 스스로 축구 골대에 선다. 자기에게 축구가 얼마나 소중한지 깨달았고, 스스로 이겨 내고 싶어서.

다음에는 공을 막을 수도 있을 거다. 난 이곳을 떠나지 않을 거다. 여긴 내가 지켜야 하는, 내 공간이다. 도망치지 않을 거다.

김은한, 바보야, 도망쳐.

아냐, 네 말이 맞아.

아냐, 나도 모르겠어. 노력하는 널 비난할 수는 없어.

나 너 따라서 골대 앞에 섰다가 이상한 댓글만 달렸어. 너 때문에 망한 것 같아.

그래도 예담이 영상 지워진 건 좋은데.

아, 모르겠다. 너는 왜 나한테 와서…….

쿵!

공 하나가 뒤통수를 제대로 맞혔다. 순간 뇌가 흔들린 것 같았다. 나는 머리를 감싸 쥐고 주저앉았다.

"괜찮아? 많이 아파?"

"내가 너무 세게 던졌나 봐."

아이들이 내 뒤통수를 손바닥으로 문질렀다. 아이들 손길이 느껴지자 눈물이 나왔다.

"어떡해. 많이 아픈가 봐."

손바닥들이 더 바삐 내 뒤통수를 문질렀다. 끝내 나는 엉엉 소리 내어 울고 말았다.

"저기, 이제 경기 시작해야 하는데……."

고개를 드니 주황색 조끼를 입은 아저씨 한 명이 쭈뼛거리며 서 있었다. 어느새 운동장에는 아저씨들이 꽤 많이 들어와 몸을 풀고 있었다. 우리를 흘깃거리며.

누구시죠?

우리는 운동장 스탠드에 앉았다. 운동장 가장자리부터 햇빛이 들어왔다. 하지만 여기는 여전히 그늘이다. 나는 팔짱을 낀 채 윗몸을 숙이고 있었다.

조기 축구회가 경기를 시작했다. 우리는 아빠를 응원하러 온 딸들처럼 보일 거다.

민서와 태린이는 공을 세게 던져서 미안하다고 계속 사과했다. 혹시 어지럽지 않으냐며, 뇌진탕일지도 모르니 병원에 가 보자고 했다.

"아직 문 연 병원 없지? 응급실 갈까? 버스 한 번에 갈 거야. 아니다, 택시 타자. 일단 부모님한테 전화해."

민서가 쉬지 않고 말했다.

"이제 머리 안 아파. 어지럽지도 않고."

"엄청 울어 놓고선! 빨리 병원 가 보자."

"아파서 운 거 아니야. 그만해."

"아파서 운 게 아니라고?"

민서가 두 눈을 가늘게 뜨고 나를 빤히 쳐다봤다. 태린이는 어리둥절한 표정으로 나를 보고 있었다.

"그 댓글 때문이구나?"

민서가 말했다.

"댓글?"

태린이가 이맛살을 찌푸리며 물었다.

민서는 말해 줘도 되겠느냐는 듯한 눈빛으로 나를 쳐다봤다. 난 민서가 벌써 태린이에게 말했을 줄 알았다. 이제 와서 뭘 숨기겠어. 나는 낮은 한숨으로 대답을 대신했다.

민서가 태린이에게 내 댓글이 달린 게시물을 보여 줬다. 태린이 얼굴이 조금씩 일그러졌다.

"유가족? 예담이 영상에 왜 네가 이런 댓글을 달았어?"

태린이 입에서 예담이 이름이 처음으로 나왔다.

태린이와 나 사이에는 징검다리처럼 예담이가 있었다. 예담이가 사라진 지금도 여전히 예담이가 있다. 투명해진 예담이를 밟고 건너갈 수가 없어서 태린이와 나는 강 반대편에서 서로를 바라보고만 있었다.

태린이가 먼저 강물 안으로 한 발 들어왔다. 나도 이제 강물 안으로 발을 내디딜 시간이다. 징검다리에 관해 이야기할 시간이다.

"사고 영상이 남아 있는 게 싫었어. 사람들이 흥미로만 보는 게 너무 싫고. 예담이를 위해서 이 일이라도 하고 싶었어."

나도 모르게 손이 떨렸다. 내 얼굴 근육도 이리저리 떨리고 있을 거다. 나는 떨리는 두 손으로 얼굴을 감싸 쥐었다.

"예담이를 위해서?"

태린이가 거친 숨을 내뱉었다.

"그럼 그때는 왜 그랬어? 너 잠수 탔잖아. 장례식장에도 안 왔잖아. 내가 몇 번이나 전화했는지 알아? 예담이랑 제일 친했으면서 어떻게 그럴 수 있어?"

태린이가 차가운 목소리로 말했다.

태린이도 전화했었구나. 너무 많은 사람에게서 메시지와 부재중 전화가 와 있어 일일이 다 확인하지 못했었다. 태린이는 2년 동안 이런 생각을 가슴에 담아 두고 나를 봐 왔겠구나. 태린이에게서 항상 느껴지던 냉랭함이 어디에서 왔는지 알 수 있었다.

"그때 나는 예담이 얘기를 할 사람이 있었으면 했어. 그런데 넌 휴대폰이 꺼져 있고……. 난 너한테도 무슨 일이 생긴 줄 알았어. 너희 집에도 몇 번 찾아갔는데 인터폰도 안 되고. 그런데 입학식에 멀쩡히 나타나더라."

태린이가 눈을 감자 눈물이 툭툭 떨어졌다.

인터폰. 내가 집에 있는 동안 인터폰이 울린 기억은 없었다. 부모님이 인터폰까지 끊은 줄은 몰랐다.

태린이도…… 힘들었겠지. 나는 거기까지는 생각하지 못했다. 아니, 생각하지 않았다. 사고 현장에 있었던, 사고를 목격했던, 친구들한테 "예담이가 왜 너 같은 애랑 놀아서"라는 말을 들었던, 그런 내가 가장 힘들었을 거라고 생각했으니까. 내 아픔에 빠져서 다른 사람의 아픔은 생각하지 못했다.

"난 너희가 그 정도 사이였는지 몰랐어. 그동안 왜…… 서로 아는 척도 안 하고."

민서가 얼떨떨한 목소리로 말했다. 민서 성격으로는 태린이노 나도 절대 이해할 수 없을 거다.

골이 들어갔는지 조기 축구회 사람들이 소리를 질렀다. 우리는 다 같이 운동장으로 눈을 돌렸다. 골을 먹어 좌절한 골키퍼 앞에서 얼싸안고 좋아하는 사람들이 보였다. 같은 팀 사람들이 골키퍼 등을 툭툭 두드리고 돌아갔다.

"저 책은 누구 책일까, 이건 무슨 소리야?"

태린이가 여전히 냉랭한 목소리로 물었다.

나는 망설이다 대답했다.

"사실 그 책 내 책이었어. 『지워진 겨울』. 내가 산 책을 예담이 빌려준 거였어. 난 연락 끊고 집에 있을 때라 책 때문에 그런 일들이 생긴 줄도 몰랐어."

"예담이는 책 한 장도 못 봤는데 별의별 말을 다 들었잖아. 그런데 그 책도 예담이 책이 아니었단 말이야?"

태린이가 벌떡 일어났다. 간다는 말도 없이 운동장을 가로질러 정문을 향해 걸어갔다. 조기 축구회 아저씨들이 잠시 경기를 멈추고 태린이를 보다, 민서와 나를 보다 했다.

"그게 네 책이었구나."

민서가 태린이 뒷모습을 보며 중얼거렸다. 책이 논란이 되자 아이러니하게도 민서네 학교에서는 『지워진 겨울』이 크게 유행했다고 했다.

"근데 그게 누구 책인지가 뭐가 중요해? 책을 물고 늘어진 사람들이 이상한 거지. 그 책 엄청 좋잖아. 어른들 진짜 웃겨. 안 그러냐?"

"나 그 책 못 봤어."

"아!"

민서가 천천히 고개를 끄덕였다.

사고가 났을 때, 나는 도로에 떨어진 책을 주울 생각은 하지 못했다. 그렇게 내 책은 없어졌고, 그 뒤에도 차마 『지워진 겨울』을 찾아 읽을 수 없었다.

"그냥 누구냐고 물어보면 안 돼?"

나는 고개를 저었다.

"알고 싶지 않아. 그런데 계속 신경 쓰이긴 해."

"짐작 가는 사람은?"

나는 고개를 저었다. 영상 속 나를 알아볼 사람은 너무나 많다.

"그럼 저 책이 네 책이라는 걸 아는 사람은?"

민서는 범위를 차츰 좁혔다. 많은 사람이 떨어져 나갔다. 하지만 나도 이미 다 해 본 추리였다. 좁혀도 좁혀도 도무지 답을 알 수 없었다.

"나, 예담이, 엄마, 아빠, 그레텔. 예담이네 가족은 모를 거야. 내가 얘기 안 했으니까."

"너무 쉽잖아. 너도 아니고, 예담이일 리는 없고, 너희 엄마 아빠일 리도 없잖아. 그럼 남은 사람은……."

"그레텔?"

나는 고개를 저었다.

"그레텔은 아닐 거야. 그레텔 말투도 아니고, 그레텔이 저렇게 얘기할 이유도 없고."

"인터넷 말투는 다를 수도 있지. 그리고 그 서점도 사고 이후에 말이 많았잖아."

"말이 많다니?"

민서는 아무것도 몰랐느냐는 듯 놀란 얼굴로 나를 봤다.

책 논란이 생기자 왜 그런 책을 팔았느냐며 서점이 공격당했다고 했다. 그것도 어린이 청소년 책 전문 서점이라는 곳에서 초등학생에게 그런 부적절하고 선정적인 책을 팔아도 되느냐고, 불량

식품으로 아이들을 꾀어낸다고, 주인의 정신 상태와 옷차림이 정상적이지 않다고 수군거렸다고 한다. 초등학생들 사이에서는 그레텔이 정말 마녀라서 예담이가 죽은 거라는 괴담까지 돌았다고.

소수 의견이었지만 그레텔의 책집 주변에 보이지 않는 경계선이 그어졌고 서점에 큰 타격을 줬다고 했다. 한동안 손님이 거의 없었다고 했다.

"지금은 괜찮아. 손님이 떨어지건 말건 그레텔이 끝까지 맞서 싸웠어. 그랬더니 다시 손님이 생겼어. 시간은 오래 걸렸지만."

난 아무것도 몰랐다. 그레텔의 책집에서 일어난 일도, 태린이가 날 찾아온 일도 몰랐다. 내가 방에만 틀어박혀 있는 사이, 내가 빙 돌아 걷는 사이, 모르고 지나온 일이 얼마나 많을까.

"물어봐야겠어."

나는 휴대폰을 꺼냈다.

그리고 댓글을 달았다.

> 누구시죠?

이 댓글은 내가 저 잉어빵을 든 아이가 맞는다고 인정하는 거나 다름없었다. 댓글을 단 사람이 양고울이라고 쓰는 거나 마찬가지였다. 저 책은 내 책이라고 인정하는 것이었다. 그렇지만 아무리 두려워도 해야만 하는 일이 있다.

민서는 잘 물어봤다며 내 등을 두드렸다. 내가 밤을 새운 걸 알고 어서 들어가 한숨 자라며, 태린이는 자기가 알아서 잘 달랠 테니 걱정하지 말라고 했다.

민서는 태린이가 놓고 간 공, 골키퍼 장갑, 축구화를 챙겨 일어났다. 민서와 나는 운동장 가장자리로 걸었다. 은행나무는 이제 확연히 노란빛을 띠었다.

계절만큼 시간의 변화를 확실히 알려 주는 게 있을까. 봄이 벚꽃이라면, 여름은 매미, 가을은 은행잎, 겨울은 눈일 것이다. 계절은 알람 시계처럼 우리를 깨운다. 내가 멈춰 있는 동안 나를 둘러싼 모든 것이 부지런히 바뀌고 있었다. 나도 이제 머물러 있지만은 않을 것이다. 그럴 때가 됐다는 걸 스스로 느낄 수 있었다.

일하러 만난 사이

이제 댓글은 더 달리지 않았다.

댓글을 달고 나니 오히려 마음이 편해져서 그림 그릴 여유가 생겼다. 집으로 돌아와 한숨 자고 나서 토요일 내내 그림을 그렸다.

일단 처음 그린 그림에 색을 입혔다. 다음으로 장례식장 장면도 그렸다. 그 외국 장례식장 사진은 도저히 봐 줄 수 없었다. 김은한의 친구들이 장례식장을 찾아와 고개 숙이고 있는 장면을 그렸다. 김은한의 엄마는 영정 사진 속에서 활짝 웃으며 국화꽃에 둘러싸여 있다. 다 그리고 보니 찾아온 친구 중 한 명의 뒷모습이 나를 닮았다.

이제 손이 풀린 것 같았다. 그림 그리는 뇌가 깨어난 듯한 기분도 들었다. 나는 경기장에 가서 축구 경기를 보는 장면과 축구 선수 집에서 하룻밤 신세를 지며 고민을 털어놓는 장면도 그렸다. 아이들과 토론할 때는 너무 우연인 것 같다고 해 놓고, 그림을 그릴 때는 내가 김은한이 된 것처럼 가슴이 두근거렸다. 축구장을 그릴 때는 언젠가는 나도 축구 경기장에 직접 가 보고 싶어졌다. 뭔가 하고 싶어진 게 정말 오랜만이었다.

나는 단톡방에 그림을 올렸다. 민서가 그림이 멋지다고 난리를 피우는 동안에도 태린이는 아무 대답이 없었다. 민서는 태린이가 편집에 매달리느라 바쁜가 보다고 변명하듯 말했다.

이제 북튜브 공모전에서 내가 할 일은 끝났다. 태린이가 편집해서 내면 모든 게 끝난다. 지난 2주, 민서와 태린이와 어울리면서 일어난 일들이 믿기지 않았다. 중학교에 들어와서 보낸 시간보다 지난 2주가 더 빽빽하게 느껴졌다. 나는 다시 급식실에서 밥을 먹기 시작했고, 교실에서 이야기할 친구가 두 명 생겼다가…… 한 명이 사라졌고, 운동장에서 축구를 했고, 난생처음으로 연기를 했고, 친구들 앞에서 엉엉 울었고, 블랙박스 영상을 지웠고, 무엇보다 지금껏 꺼내지 못했던 예담이에 관한 말들을 털어놓았다. 아무리 돌이켜 봐도 믿기지 않는 일들이었다. 민서가 북튜브를 하자며 처음 말을 걸었을 때는 상상도 못 했던 일들.

민서는 태린이가 마지막 편집에 매달리고 있다고 했다. 매주한 번씩 꼬박꼬박 올리던 자기 영상을 올리지 못할 정도였다. 드디어 마감 날인 월요일 새벽에 영상이 완성되었다. 제출 마감 시간은 오후 여섯 시여서, 태린이가 다섯 시에 올리기로 했다.

월요일 수업이 끝나고 아이들과 학교 근처 카페에 가서 영상을 보기로 했다. 일종의 시사회 같은 거였다. 나는 태린이가 껄끄러워서 가고 싶지 않았지만 민서는 다 같이 마무리해야 한다며 나를 끌고 갔다.

이 카페는 널찍하고 음룟값이 저렴해서 우리 학교 아이들이 많이 다니는 곳이었다. 나는 당연히도 처음 가 봤지만.

카페 안은 북적북적했다. 주문하고 자리를 잡으러 가는데 세준이가 한영이, 지후와 함께 있는 모습이 보였다. 셋 다 딸기라테를 마시고 있었다.

"양똘! 카페도 다니니? 요즘 애들이랑 잘 어울리네?"

설마 했는데 지후는 학교 밖에서도 그냥 넘어가지를 않았다. 무시하고 지나가려는데 민서가 나서서 쏘아붙였다.

"양똘이라고 하지 마."

그러자 지후가 코웃음을 치며 말했다.

"양똘을 양똘이라고 하지 뭐라 그러냐? 왜? 양똘, 이 테이블도 차게?"

지후가 테이블을 끌어안으며 보호하는 시늉을 했다. 옆에서 세준이가 지후를 말렸다. 세준이는 불편한 표정을 짓고 있었다.

지후에게 뭐라 대꾸하려는 민서를 끌고 제일 구석 자리로 갔다.

저런 소리를 한두 번 들은 게 아니지만 나는 그냥 넘어간다. 뭐라고 해 봤자 지후가 장난이었다고 해 버리면 끝이다. 아이들은 웃고, 나는 웃지 못하는 그런 장난. 그리고 또 다른 이유도 있다. 세준이와 한영이는 지후에게마저 내가 책상을 찬 진짜 이유를 말하지 않은 것 같았다. 아이들 분위기가 그랬다. 그게 웃겼다. 지후가 나를 놀릴 때 세준이가 불편해하는 모습이 보기 좋았다.

"그만하라고 해. 그게 언제 적 일인데 자꾸 양똘 양똘 그러는 거래? 선생님한테라도 말해."

민서가 화난 목소리로 말했다. 그런 민서를 보다 나는 피식 웃었다.

"왜 웃어? 이런 일은 웃음으로 넘어가면 안 된다고."

"너도 얼마 전에 나더러 양똘이라고 했잖아."

민서 얼굴이 귀까지 새빨개졌다. 가느다란 눈에서 눈동자가 이리저리 흔들렸다. 그러더니 조그맣게 미안하다고 말했다. 그때는 자기가 너무 화가 나서 어쩌고저쩌고 그런 말을 붙이지 않아 다행이었다.

"그리고 나, 쟤들이 양똘이라고 부르는 건 아무렇지 않아."

나는 숨겨진 이야기를 들려줬다. 내가 세준이 책상을 발로 찬 이유는 세준이가 장난을 치며 예담이의 사고 영상을 찾아보려고 해서였다고. 그 이야기는 쏙 빼고 담임과 반 아이들에게 이야기했다고. 그래서 아이들이 양똘이라고 할 때마다 세준이도 조금 찔리는 것 같다고. 난 그 모습을 보는 게 좋다는 것도.

민서 눈이 동그래졌다. 태린이는 나랑 눈은 마주치지 않고 있지만 놀란 건 마찬가지인 듯했다.

"저걸 그냥!"

민서는 곧장 세준이에게 달려가려고 했다. 나는 민서를 잡았다.

"그렇지만 애들도 알아야지! 우리 반 애들 다 잘못 알고 있는데. 우리 반이 뭐야, 다른 반 애들까지 너 지나가면 수군댔잖아. 아, 화나."

아, 그건 몰랐는데.

민서 말을 듣고 보니 내가 피해 버린 건가 싶었다. 그렇게 넘어가서는 안 됐던 걸까. 하지만 민서와 태린이 앞이니까 예담이 이야기를 했지, 다른 아이들에게까지 그 이야기를 하고 싶지는 않았다.

그렇게 말하자 민서가 이해한다는 듯 고개를 끄덕였다. 그러면서도 화난 얼굴은 그대로였다. 나 때문에 이렇게 화를 내 주다니. 나는 속으로 조금 뭉클했다.

"중학교 애들한테 양똘로 남으면 안 되지. 네 이름 찾아야지. 양고율."

태린이가 눈은 다른 곳을 보면서 내 이름을 또박또박 불렀다.

내 이름? 태린이의 말이 신선하게 들렸다. 나는 내 이름을 잃어버린 걸까? 어쩌면 그럴지도 모르겠다.

사람들은 내 이름이 당연히 '곱다'에서 왔다고 생각한다. 곱디고운, 같은 의미로. 그건 반은 맞고 반은 틀리다. 우리 아빠 성은 양, 엄마 성은 고다. 아빠 성과 엄마 성을 둘 다 따왔다. 출생 신고를 할 때는 양을 성으로 했지만, 부모님이 생각하는 내 이름은 고울이 아니라 울이다.

나 또한 울이 내 이름이라고 생각해 왔다. 부모님은 내가 어릴 때부터 나를 울이라고 불렀으니까. 어렸을 때부터 나는 곱다는 단어가 마음에 들지 않았다. 한복을 입고 부드럽게 웃으며 얌전히 서 있는 여자가 떠올랐기 때문이다.

반대로 양똘이라는 별명은 오히려 마음을 확 풀어 주기도 했다. 그래, 나 양똘이다. 어쩌라고?

양고울과 양똘. 어느 쪽이 더 나은지는 모르겠지만, 어쨌든 이름을 찾으라고 말해 준 태린이가 고마웠다. 그러나 태린이는 여전히 무표정한 얼굴을 하고 있어서 마음을 표현할 수는 없었다.

세준이가 아이들을 끌고 카페를 나갔다. 지후는 나가면서 우리 쪽을 돌아보며 한 번 씨익 웃었다. 민서가 얼굴을 찡그렸다.

"영상 보자."

민서 말에 태린이가 태블릿을 꺼내 영상을 틀었다. 내가 그린 그림이 잔잔한 음악과 함께 인트로 화면에 나왔다. 주인공이 승부차기에서 공을 막는 그림이었다.

간단한 인사말과 팀원 소개가 나왔다. 나는 우리 셋의 캐리커

처를 간단히 그렸고, 태린이가 그걸 활용해 우리를 소개하는 화면을 만들었다.

이어서 이 책을 선택한 이유가 나왔다. 화면에는 『골키퍼』 책 사진이 나오고 있었다.

내레이션은 민서가 맡았는데, 민서 목소리가 이렇게 좋았나 싶을 정도였다. 목소리도 좋고 발음도 또렷했다. 그리고 세련된 편집까지. 지난 수상작들처럼 어설픈 느낌이 전혀 없었다. 장면 전환은 부드러웠고, 음향은 잡음 하나 없었다. 태린이가 자기 브이로그보다 더 공을 들인 티가 났다. 이러다 정말 1등 하는 거 아닌가 싶은 생각까지 들었다.

줄거리를 소개하는 차례가 되자 우리가 찍은 영상이 시작됐다.

운동장 골대에 선 나. 민서 공을 멋지게 쳐 낸다. 딱 한 번 잘 나온 장면만 쓰니까 꽤 그럴듯했다.

장례식장 그림이 나오고, 다시 운동장 장면이 나왔다. 나는 공을 피한다. 교실 책상에 엎드린 모습, 축구하는 아이들을 바라보는 모습. 다 너무 좋았다. 이상하리만큼 내 연기가 전혀 어색하지 않았다.

축구 경기를 보러 간 그림, 축구 선수와 만난 그림이 흘러갔다.

이제 마지막 장면이었다. 내가 뒤돌아 있고, 친구들이 골대를 향해 공을 차는 장면이다. 나는 피하지 않고 뒤돌아선 채 공을 맞는다. 그러다 주저앉아 우는 나. 진짜 펑펑 울어 버린 나. 민서와 태린이가 나를 달래는 장면까지.

"잠깐만! 이것도 넣었어?"

내가 소리쳤다. 태린이가 영상을 멈추더니 내 눈치를 봤다.

"여기가 하이라이트야. 뺄 수가 없었어."

민서가 말했다.

"뭐? 하이라이트? 이건 연기가 아니라 내가 진짜 우는 거잖 아!"

나는 소리를 질렀다. 주변 사람들이 우리를 돌아보는 것 같았 지만, 지금 그런 건 전혀 신경 쓰이지 않았다.

"고울아, 나도 알아. 그래서 더 진솔하고 좋잖아. 이걸 빼 보기 도 했는데 느낌이 확 죽더라고. 우리 지금까지 그 고생을 했는데, 결과가 좋아야 하잖아. 이 영상이 들어가면 우리는 분명히 상 받 을 거야. 확신해. 나 한 번만 믿고 따라와 줘."

민서가 나를 달래듯 말했다.

나는 나도 모르게 컵을 양손으로 꽉 쥐고 있었다. 컵 속 핫초코 에 검은 물결이 일었다.

나는 태린이를 바라보았다. 태린이는 아무 말 없이 컵에 맺힌 물을 손으로 계속 닦아 내고 있었다. 그러니까 너도 민서 생각에 찬성한 거구나.

순간 뜨겁게 달아오르던 마음이 차갑게 가라앉았다.

내가 잠시 이 아이들을 오해했던 것 같다. 어쩌면 우리가 친구라고. 모두 나만의 착각이었던 거다.

그래, 우리는 일을 하러 만난 사이니까. 최고의 결과물을 내는 게 우리 목표니까. 객관적으로 내가 우는 장면은 뭉클한 감정을 불러일으킨다.

우린 친구가 아니라 팀원이었던 거야. 우리가 함께한 일은 이제 끝난 거고.

내가 더는 말을 하지 않자 민서는 다시 영상을 틀었다. 영상은 딱 10분이었다. 1초도 넘치거나 모자라지 않았다.

민서는 생각보다 책을 깊이 있게 설명하고 있었다. 단순히 줄거리만 말하고 칭찬만 늘어놓는 게 아니라, 비판적으로 생각해 볼 점까지 짚어 내고 있었다. 지난번에 우리가 책을 두고 나눈 이야기도 적절히 들어가 있었다. 어쩌면 우리는 정말 상을 받을지도 모른다. 수상작은 유튜브에 올라갈 텐데. 그렇게 된다면 내가 엉엉 우는 장면도 올라가겠지.

"우리 진짜 1등 할 것 같지?"

민서가 웃으며 말했다.

"고울아, 넌 상금 타면 뭐 할 거야? 미리미리 계획 세워 놔야 한다니까."

계획을 좋아하는 민서답다. 계획대로 밀고 가는 민서답다.

"과자 살 거야."

"엥? 과자?"

"응. 과자. 나 과자 좋아하거든. 그래서 이렇게 살이 쪘잖아. 점심때 먹을 시리얼 바도 사야 하고."

"이제 시리얼 바 살 일은 없잖아. 우리랑 점심 먹으면 되니까."

민서가 찡긋 웃었다. 같이 점심 먹어 주니까 고맙지? 엄청 고맙지? 표정에서 속마음이 들리는 듯했다. 진짜 속마음이건 아니건 상관없다.

나는 남은 핫초코를 한입에 들이마시고 자리에서 일어났다. 컵 바닥에 코코아 가루가 까맣게 가라앉아 있었다.

"나 먼저 갈게."

"그래, 우리도 학원 갈 시간이야. 근데 아직도 댓글 연락 없어?"

"응. 이제 신경 안 써도 돼."

나는 휙 돌아서 카페를 나왔다.

초대

　자려고 누웠지만 골대 앞에서 웅크린 채 엉엉 울던 내 모습이 자꾸 떠올랐다. 내가 우는 모습을 보는 게 그렇게 괴로울 줄은 몰랐다.

　어느새 자정이 넘어가고 있었다.

　자장가를 검색해 틀었다. 오르골 소리가 방 안에 울려 퍼졌다. 두 곡이 지나가고 세 번째 곡에서 익숙한 음이 들렸다. 〈할아버지의 낡은 시계〉. 피아노 배울 때 즐겨 치던 노래다. 이제는 더 가질 않네, 가지를 않네. 가사가 머릿속을 맴돌았다. 그때는 이 노래가 어떤 내용인지 몰랐던 것 같다.

　잠이 오히려 더 달아나 버렸다.

　자장가를 끄려고 휴대폰을 들었는데 알람이 떴다. '누구시죠?'

에 댓글이 달렸다. 그런데 내 질문에 대한 답은 없고 전혀 엉뚱한 말이 달려 있었다.

> 서점. 11월 5일 12시.

이 시간에 여기로 나오라는 말을 친절히 적지는 않았지만, 이건 누가 봐도 초대장이었다. 또는 결투장.

어느 서점이라고 적혀 있진 않았지만 나는 그 서점이 어딘지 안다. 정말 그레텔이었을까? 서점이 어려운 일을 겪는 동안 발길을 끊어서 나에게 화가 난 걸까? 그 책을 주문한 사람은 나였는데 서점이 손해를 입어서?

난 그냥 누구냐고 물었을 뿐인데, 왜 만나자는 걸까? 나를 만날 이유가 뭐가 있을까? 의도가 전혀 짐작 가지 않았다. 상대가 누구든 나는 만나고 싶지 않은데.

이불을 머리끝까지 뒤집어썼다. 자장가가 밤새 이어졌다.

점심시간이 되자 민서가 같이 밥을 먹자며 내 자리로 왔다. 태린이는 멀찍이 서 있었다. 나에게 처음 같이 밥 먹자고 했던 날처럼.

"안 먹을래."

"안 돼, 안 돼. 다른 날은 몰라도 오늘은 안 돼. 오늘 잡채 나온대."

민서가 내 팔을 잡아끌었다. 나는 팔을 확 잡아 뺐다. 민서가 휘청이는 것 같았지만 고개를 돌리지 않고 가방에서 시리얼 바세 개를 꺼내 책상 위에 올려놓았다. 오트밀, 단호박, 요거트 맛이다.

"야!"

"왜?"

민서가 혼란스러운 표정으로 나를 내려다보고 있었다. 그러거나 말거나. 나는 시리얼 바를 뜯었다.

태린이가 타박타박 걸어오더니 민서를 끌고 갔다.

우리 학교 잡채가 어땠지? 잡채 맛은 기억나지 않았다. 나는 시리얼 바를 우물우물 씹어 삼켰다. 오늘도 시리얼 바는 찐득하면서도 바삭하다. 아직 급식실에 가지 않은 아이들이 나를 보는 것 같기도 했다. 별로 신경 쓰이지 않았다.

6교시 체육 시간에는 반 전체를 반으로 나누어 축구를 한다고 했다. 민서가 내 옆으로 와서 어깨에 손을 올리며 말했다.

"우리 이제 축구 좀 하잖아. 고울아, 우리 같은 팀 하자. 네가 골키퍼 해."

역시 민서다웠다. 점심시간의 내 거절을 철저히 무시할 수 있는 아이.

나는 민서 팔을 떼어 냈다.

"양고울! 너 갑자기 왜 이래?"

민서 목소리가 높고, 컸다. 아이들이 하나둘 우리를 쳐다봤다.

"북튜브 끝났잖아."

"북튜브 끝났다고 너한테 말도 못 걸어?"

"응."

"허!"

민서가 입을 반쯤 벌리고 크게 숨을 쉬었다. 또다시 태린이가 와서 민서를 끌고 갔다. 봐 봐. 진짜 왜 저래? 갑자기 다른 사람저럼 굴잖아. 민서 목소리가 들렸지만, 고개를 돌리지 않았다.

"민서야, 힘 빼지 마. 재는 배신이 취미잖아. 재가 괜히 양똘이겠어?"

누가 말했다. 누구 목소리더라? 아니, 그런 건 이제 중요하지 않다.

"양똘이라고 부르지 마! 너희는 아무것도 모르면서!"

민서가 소리쳤다.

나는 배가 아프다고 하고 스탠드에 앉았다. 구름 하나 없이 쨍하게 맑은 하늘이 보였다. 오늘 같은 날은 차라리 흐렸으면 좋겠다. 스산한 느낌에 다들 몸을 사렸으면 좋겠다. 그러나 하늘은 높고 맑고, 아이들 에너지도 맑고 높다.

자는 동안 몇백 번은 반복됐을 오르골 소리가 귀에 울렸다. 아이들이 오르골 소리를 따라 춤을 추는 것처럼 보인다. 공을 따라 운동장을 이리저리 뛰어다니며 춤추는 25명 아이들이 다 똑같아

보였다.

민서와 태린이와 함께한 시간은 뭐였을까?

내가 왜 울었는지 아는 아이들이 어떻게 그런 선택을 할 수 있을까? 북튜브 수상이 그렇게 중요했을까? 돈이 그렇게 필요했을까? 더 좋은 자리에서 축구 경기를 보는 게 그렇게 중요했을까? 더 좋은 편집 프로그램이 그렇게 필요했을까?

그만.

내가 왜 저 아이들을 이해하려고 이렇게나 공을 들여야 하지? 그냥 겉으로 드러나는 결과만 보자. 아이들은 내가 싫어할 줄 알면서도 내가 우는 영상을 넣었다. 그것도 내가 왜 울었는지 아는 아이들이.

그늘에 가만히 앉아 있어서인지 시멘트의 찬 기운에 엉덩이가 시렸다. 운동장에서 뛰는 아이들은 하나둘씩 팔을 걷고 체육복 지퍼를 내렸다. 나는 체육복 지퍼를 목까지 끌어 올렸다.

교실로 돌아오는데 아이들이 양똘 양똘 하면서 지나갔다. 2학기에 들어서며 아이들 관심에서 멀어졌던 나였다. 그런데 민서와 태린이와 다니다 혼자가 되고 나니 아이들의 뒷말이 다시 시작되었다. 아니, 이제는 뒷말이 아니라 옆 말 또는 앞 말이다.

쟤는 체육 할 때마다 아프대. 저런 애 때문에 진짜 아픈 애들이 욕먹잖아. 도대체 어디가 아픈 거래? 정신 상태? 흐흐. 하긴 선물 거절했다고 책상 엎는 게 정상은 아니지. 점심 굶는 척하더니 시리얼 바를 한 번에 세 개나 먹더라. 그동안 계속 그랬나 봐. 민서가 그렇게 챙겨 줬는데 어떻게 저러냐? 대단하다. 쟤는 배신이 특기잖아. 그때 사고 났을 때도…….

나는 들은 척도 하지 않았다.

재밌니? 재밌으면 실컷 놀려.

체육 시간 이후로 민서는 나에게 더는 말을 걸지 않았다. 태린이와는 가끔 눈이 마주쳤지만 대화로는 이어지지 않았다.

조용한 하루하루가 지나갔다.

다시 한번

복도를 걸어가는데 옆 반 아이들이 나를 흘깃거리며 피식 웃었다.

교실에 들어섰더니 우리 반 아이들도 나를 흘깃거렸다. 슬쩍슬쩍 돌아보는 얼굴에 하나같이 웃음기가 있었다. 나에게 무슨 일이 일어나고 있다. 그런데 나만 모른다. 물어볼 사람도 없다.

지후가 뒤돌아 앉으며 말했다.

"너 그림 잘 그리더라. 근데 난 절대 그리지 마라. 경고다."

옆에서 이수가 피식 웃는 소리를 냈다.

내 그림……. 내 그림을 지후가 어떻게 본 거지? 민서나 태린이가 그림을 돌리기라도 했나? 하지만 그럴 이유가 없다.

1교시 내내 머리를 굴렸지만 답을 찾을 수가 없었다.

쉬는 시간이 되자 태린이가 내 자리로 다가왔다. 그냥 지나쳐 가겠거니 했는데 내 책상 옆에 멈춰 섰다. 우리는 다시 남남처럼 지내고 있었기에 뜻밖이었다.

태린이는 무표정한 얼굴로 목소리를 한껏 낮추고 물었다.

"어제 올라온 내 유튜브 봤어?"

"아니."

어젯밤 새 영상 알람이 떴지만 보지 않고 구독 취소를 눌렀다.

"너 그 그림 최우람 보고 그린 거였어?"

"응?"

태린이가 어제 올린 영상을 보여 줬다. 영상 시작 부분에서 태린이는 북튜브 공모전을 준비하느라 바빠서 지난 영상을 올리지 못했다고 사과했다. 배경으로 우리가 만든 영상 첫 화면이 떠 있었다. 첫 화면 배경은 내가 그린 골키퍼 그림이었다. 그런데 누가 '저거 최우람 아냐?'라고 댓글을 단 것이다.

"지금은 비공개로 돌렸어."

나는 영상에 달린 댓글들을 읽었다.

> 진짜 딱 최우람인데? 그림 양똘 아냐?

그렇게 많이 닮지도 않았는데 어떻게 알아봤지? 어쨌든 최우람을 생각하며 그린 건 맞아서, 이런 상황은 상상해 본 적도 없어서, 너무 당황스러웠다.

> 최우람 서랍 막아 두라고 해. 선물 방지.

> 양똘 힘 장난 아니잖아. 그냥 최우람 책상 미리 치워 두라고 하자.

> ㅋㅋㅋㅋㅋㅋㅋ

> 그 선물 시리얼 바 아니었을까?

> ㅋㅋㅋㅋ 누가 시리얼 바를 선물로 주냐?

> 누구긴 양똘이지 ㅋㅋㅋㅋㅋㅋ

아이들은 줄줄이 댓글을 달며 즐거워하는 중이었다.

> 너네 자꾸 양똘 양똘 하지 마! 세준이한테 물어봐! 고울이가 왜 책상을 발로 찼는지. 선물 때문이 아니라고!

아이디 민스. 딱 봐도 민서였다.

"민서가 너무 열 받아서 단 거래. 너 그 얘기 하기 싫어하는데 괜히 말 꺼낸 것 같다고 걱정하고 있어."

제일 앞자리에 앉은 민서가 살짝 뒤를 돌아 태린이와 나를 보고 있었다. 나와 눈이 마주치자 얼른 고개를 돌렸다.

나는 민서 댓글이 그리 신경 쓰이지 않았다. 애들은 놀리는 게 재미있을 뿐, 내 별명의 진실 따위에는 관심이 없을 거다.

나에게 지금 문제는 허락 없이 최우람 얼굴을 따라 그린 것이었다. 머릿속이 하얘졌다. 이건 초상권 침해일까? 왜 아무 생각

다시 한번   157

없이 이런 일을 했을까. 아이들이 알아볼 정도로 닮게 그린 줄은 몰랐다. 나는 머리를 감싸 쥐었다.

"맞긴 한 거야? 나도 듣고 보니까 최우람이더라고."

나는 고개를 끄덕였다. 어떻게 수습해야 할지 머릿속이 복잡해졌다.

그때 세준이 자리가 시끄러웠다.

"그러니까 양똘이 왜 네 책상을 찼느냐고."

지후였다.

"네가 무슨 상관이야."

세준이가 벌컥 화를 냈다. 세준이가 화내는 모습은 처음 봤다.

"너 뭐냐? 반응이 왜 이래? 나 그냥 궁금해서 묻는 거야. 네가 선물 거절해서 책상 찬 거랬잖아. 근데 아니라잖아."

지후는 정말 궁금해서 묻는 것 같은데 세준이는 한껏 가시를 세우고 대응했다. 그러니 지후는 점점 얘가 뭐가 있구나 싶어서 날카로워지고.

지후가 나를 보고 소리쳤다.

"양또…… 양고울! 너 세준이 책상 왜 찬 거야?"

나는 아무 말도 하지 않았다. 확 말해 버릴까 싶었지만, 그러려면 예담이 얘기를 꺼내야 한다.

지후는 나를 쏘아보고는 다시 세준이에게 물었다. 세준이 자리는 2교시 선생님이 들어올 때까지 계속 시끄러웠다.

점심시간, 지후만 먼저 급식실로 가고, 세준이와 한영이는 나중에 천천히 나가는 걸로 봐서 아이들 사이가 틀어진 듯하다. 나랑 상관없는 일.

점심시간이 끝나기 전, 나는 최우람 반에 갔다.

이동 수업 때 말고는 누구를 만나러 다른 반에 들어간 게 처음이었다. 그것도 최우람을 만나러 가다니. 난 잔뜩 얼어 버린 몸으로 옆 반에 들어섰다.

이 교실에서는 우리 반과 다른 냄새가 났다. 볼펜 잉크 냄새 비슷한. 우리 반도 우리 반만의 냄새가 있으려나.

최우람은 창틀에 기대서 있었다. 최우람의 머리로 햇살이 쏟아져 내렸다. 정신이 없는 중에도 잘생겼다, 참 잘생겼다, 나도 모르게 그런 소리가 머릿속에서 울려 퍼졌다.

"양고울?"

날 어떻게 알지? 최우람은 마치 내가 찾아오기를 기다린 사람 같았다. 그림 얘기를 들었나 보다. 설마 쉬는 시간마다 창틀에 비스듬히 기대서 날 기다린 건 아니겠지.

"그림 그린 거 미안해. 널 모델로 그린 건 맞아. 내 실수야. 영상은 대회에 벌써 제출했는데, 혹시라도 싫으면 어떻게든 내가."

"실수라니? 실수 아니지?"

나는 당황해서 최우람을 바라봤다.

"나 싫지 않아. 기획사에서 내 페이스가 영감을 주는 스타일이라고 그러더라고."

최우람은 웃고 있었다. 최우람은 말을 하지 않을 때가 제일 낫구나. 노래는 잘하는 거겠지? 기획사에서 말하기 수업은 안 하나.

"연예인이라면 이 정도 일에는 익숙해져야겠지."

"너 연예인 아니고 연습생⋯⋯."

"됐고, 상 타면 한턱 쏴."

뜻밖의 반응이었다. 다시 한번 확인받아야겠다 싶었다.

"진짜 괜찮은 거야?"

"응. 그런데 다리가 좀 짧더라?"

나는 나도 모르게 최우람 다리를 내려다봤다. 내 그림에서 더 긴 것 같은데.

"참, 책상 서랍에 몰래 선물 넣느라 고생할 필요는 없고, 줄 거 있으면 직접 줘."

주위 아이들이 피식거렸다. 내가 노려보고 돌아서자 "농담인 거 알지?"라는 소리가 뒤에서 들려왔다.

가벼워진 마음으로 교실에 돌아왔을 때 운동장에서 비명이 들렸다. 아이들이 창틀에 매달렸다. 운동장 가운데에서 세준이와 지후가 싸우고 있었다. 드라마나 영화 속 싸움 장면과는 거리가 멀었다. 둘 다 몸싸움은 해 본 적 없는 것 같았다.

축구를 하던 중이었는지 축구공이 아이들 옆에 덩그러니 놓여 있었다. 싸움을 말리는 아이는 없고 다들 구경만 하고 있었다. 그리 재미있지도 않네. 나는 자리에 앉았다.

운동장에서 들어오는 아이들이 세준이와 지후가 담임에게 불려 갔다고 했다. 그리고 조금 뒤, 반장이 나를 불렀다.

"양…… 양고울! 담임이 너도 오래."

나는 몇 달 전 그날처럼 널찍한 상담 테이블에 앉았다. 한영이가 지후로 바뀐 것만 달랐다. 아이들은 운동장 바닥에서 구르기라도 했는지 얼굴이 말이 아니었고, 옷은 흙투성이였다.

"고울아, 구경한 애들이 그러는데, 애들이 싸운 게 너 때문이라는데? 셋이 삼각관계냐?"

담임 선생님은 아주 재치 있는 말이라도 한 것처럼 으쓱한 표정을 지었지만, 우리 셋 중 웃는 사람은 아무도 없었다.

선생님 말을 들어 보니, 축구를 하다가 태클 때문에 시비가 붙었고, 싸우는 도중 둘 입에서 내 이름이 나왔다고 했다.

"도대체 왜 싸운 거야? 그것도 운동장에서. 전교에다 대고 광고하는 것도 아니고. 고울아, 너는 아니? 애들은 입을 안 연다. 오죽하면 내가 널 불렀겠니."

"선생님, 저는 이유를 모르고요, 알고 싶지도 않아요."

화를 꾹꾹 눌러 가며 말했다.

"뭔가 알고 있는 것 같은데 어서 말해라."

전략을 바꿨는지 선생님은 겁을 주듯 딱딱한 말투로 말했다. 나에게. 왜 나에게? 어이가 없었다.

"야, 네가 얘기해. 네가 얘기하라고!"

지후가 세준이에게 소리를 질렀다. 선생님이 지후를 말리며 목소리를 높였다. 지후는 자기는 할 말 없다며, 세준이가 말을 안 한다면 한영이를 불러서 물어보라고 했다. 생각보다 많은 아이가 얽힌 걸 알게 된 선생님은 당장 한영이를 불렀다.

살짝 겁을 먹은 한영이는 더듬더듬 그동안 있었던 일을 이야기했다. 내 눈치와 지후 눈치를 한껏 보며. 한영이가 말하는 동안 세준이는 고개를 푹 숙이고 있었다.

"그러니까, 지난봄에 고울이가 책상을 찬 이유는 너랑 세준이가 고울이 친구 교통사고 영상을 보려고 해서였다는 거네. 그런데 너랑 세준이가 나랑 반 아이들에게 거짓말을 했고. 아이들은 세준이가 선물을 거절해서 고울이가 책상을 찬 줄로 알고 양똘이라고 불렀다는 거고. 지후 네가 특히 더 자주. 그런데 진짜 이유를 알고 화나서 싸운 거고."

선생님은, 선생님이었다. 한영이가 뒤죽박죽 늘어놓은 이야기를 시간 순으로 단번에 정리했다.

"세준아, 한영아. 그러면 안 되는 거지. 그때 날 속인 거였어?"

선생님이 둘을 돌아봤다. 자기한테 거짓말한 게 가장 큰 잘못이라는 얘기야? 나는 코웃음이 나왔다. 선생님이 나를 돌아봤지만 나는 선생님을 쳐다보지 않았다.

"니들 왜 나한테까지 거짓말을 했냐고!"

지후가 세준이, 한영이를 향해 소리를 질렀다. 지후는 친구들이 자기에게 거짓말한 것만 생각하며 분해하고 있다. 나를 양똘이라 부르고 놀렸던 수많은 일은 다 잊었는지.

세준이가 더 깊이 고개를 숙였다. 새빨개진 얼굴이 보였지만 별 감정이 들지 않았다.

"그런데 고울아, 아무리 그래도 책상을 차면 되니? 사고 영상 정도는 찾아볼 수도 있지. 인터넷에 올라와 있다며? 그럼 누구나 볼 수 있는 거고. 다 지난 일이고, 네가 사고당한 것도 아니고. 둥글둥글하게 사는 게 정신 건강에 좋아."

내 입술이 파르르 떨렸다. 나는 입술을 꽉 깨물었다.

선생님은 슬쩍 내 눈치를 봤다.

"그게 그렇게 심각한 영상이었어? 난 올해 이 학교 와서 그런 일이 일어난 줄도 몰랐네. 내가 한번 봐야 판단이 서겠다. 뭐라고 검색하면 뜨?"

선생님이 휴대폰을 꺼냈다.

그때였다. 나에게 다시 괴력이 나타난 건. 나는 상담 테이블을 엎어 버렸다.

선생님은 길길이 화를 내며 우리 부모님에게 전화했고, 놀란 부모님은 곧바로 학교로 찾아왔다.

선생님은 우리 부모님이 볼 수 있게끔 쓰러진 테이블을 그대로 놔뒀다.

전후 사정을 알게 된 부모님은 죄송하다고 사과를…… 하기는 커녕 선생님과 싸우기 시작했다.

"우리 고울이가 블랙박스 영상 트라우마 때문에 두 달 동안 자기 방에만 있었던 애예요. 그런데 애한테 영상을 보여 달라고 했다고요?"

"아니, 보여 달라고 한 게 아니라, 어떤 영상인지 알려 달라고 한 거죠. 제가 봐야 누구 잘못인지 알 수 있으니까요. 그리고 고울이가 말한 적이 없는데, 트라우마가 있는지 제가 어떻게 압니까?"

선생님은 교사 앞에서 폭력을 쓴 이 일을 절대 그냥 넘어갈 수 없다고 했다. 더구나 내가 책상을 엎은 게 처음도 아니고 두 번째라며, 오죽하면 아이들이 양똘이라고 부르겠느냐고도 했다.

"양똘이요?"

부모님은 어리둥절한 표정으로 선생님과 나를 번갈아 쳐다봤다. 곧 양똘의 어원을 짐작한 부모님이 다시 목소리를 높였다. 아이들이 그런 언어폭력을 하고 있는데 지금 그게 정당하다 말하는 거냐고.

나는 열심히 싸우는 세 사람을 상담실에 두고 교실로 돌아왔다. 나 없이도 그들은 잘 싸울 테니까.

어느새 밖이 어둑했다. 겨울이 다가오는지 해가 점점 일찍 떠나간다.

모두 집에 갔을 거라 생각했는데, 한 아이가 교실에 남아 있었다. 너무나 익숙한 뒤통수. 세준이였다. 날 기다린 건 아니겠지, 라고 생각하자마자 세준이가 내 쪽으로 다가왔다.

내 앞에 선 세준이는 조금 망설이다 말했다.

"그때 사실대로 말 안 해서 미안해."

세준이는 내 대답을 기다리는 듯했지만 나는 아무 말 없이 세준이를 바라봤다. 세준이는 조금 더 기다리다가 얼굴이 새빨개진 채 책가방을 들고 교실을 빠져나갔다.

부모님은 한 시간 뒤 집에 왔다. 선생님과 부모님의 싸움은 무승부로 끝난 듯했다.

부모님은 오늘 일보다 내가 책상을 찬 것이 처음이 아니라는 사실과 몇 달 동안 급식을 먹지 않은 사실과 또 몇 달 동안 양똘이라고 불린 사실에 큰 충격을 받은 것 같았다.

"그동안, 많이 힘들었겠구나."

아빠가 말했다. 마치 내가 힘든 걸 처음 알았다는 듯이.

"아이들이 별명 부르지 않게끔 선생님이 주의시키기로 했어. 대신 넌 내일 선생님에게 사과해."

엄마가 말했다. 난 고개를 끄덕였다. 일이 더 크게 번질까 봐 내심 걱정하고 있던 터였다.

"그런데 그 무거운 테이블을 어떻게 엎은 거야?"

나는 어깨를 으쓱하고 방으로 들어왔다.

나는 채팅으로 민서와 태린이에게 최우람 얼굴을 따라 그린 걸 사과했다. 그리고 내가 꼭 하고 싶었던 말을 했다.

> 나 우는 영상 넣기 싫었어. 너희는 내가 왜 울었는지 알잖아. 알면서도 넣은 걸 이해할 수가 없었어.

> 근데 이젠 이해해. 너희는 영상만 잘 나오면 되는 거였어. 내가 상처받든 말든 그런 건 상관없는 일이고.

민서도 태린이도 한동안 말이 없었다. 조금 뒤, 민서가 글을 올렸다.

> 태린이는 넣기 싫다고 했는데 내가 설득했어. 그 장면이 빠지면 떨어질 것 같았어.

> 그 정도로 좋았어. 떨어지는 것보다는 그 영상을 넣고 당선되는 편이 너에게도 좋을 거라고 생각했어. 미안해.

> 됐어. 처음부터 우리는 북튜브 만들러 모인 사이잖아. 너희는 최선을 다한 거고.

나는 채팅방을 나왔다.

만남

시간만큼 부지런한 게 있을까? 시침과 분침, 지구와 달은 부지런히 움직여 나를 11월 5일에 데려다 놓았다.

이상 기온이라더니 코끝, 귓불이 시렸다. 재킷 주머니에 손을 넣고 천천히, 아주 천천히 걸어갔다. 2년 동안 피해 다녔던 곳, 빙 둘러 갔던 곳, 차나 버스 속에서 어쩔 수 없이 지나갈 때는 눈을 감았던 곳, 그곳으로.

8차선 도로는 그대로다. 차들은 오늘도 급하게, 마치 뭐에 쫓기듯이 또는 뭐를 쫓듯이 달린다.

그리고 횡단보도가 있다. 그 자리에 같은 모습으로.

아무리 도망쳐도 다시 끌려오곤 했던 이곳.

온몸이 떨려 온다.

울컥 눈물이 나오지만, 입술을 꽉 다물고 눈물을 눌렀다.

나는 다시 한 발 한 발, 무거운 발을 움직였다. 길 건너에 있는 서점은 낡지 않는 마법에 걸린 듯 2년 전 그대로였다. 서점 앞 은행나무는 노랗게 물들어 있었다. 가끔 은행잎이 하나둘 떨어졌다. 유리창에 빛이 반사되어 서점 안은 잘 보이지 않았다.

아직 약속 한 시간 전이었다. 나는 서점이 보이는 카페에 들어갔다. 토요일 오전 카페 안은 북적였다. 다행히 내가 들어가자마자 창가 자리 사람이 일어나 창가에 앉을 수 있었다. 나는 댓글을 단 사람이 누군지만 확인하고 돌아갈 생각이었다. 딱 거기까지만. 만일 약속 시간까지 아무도 서점으로 들어가지 않는다면, 댓글을 단 사람은 그레텔일 확률이 높았다.

자몽에이드를 받아 왔다. 컵이 너무 차가워 놀랐다. 바보같이 자몽에이드가 따뜻한 음료인 줄 알았다. 나는 얼음 가득한 컵에 입도 대지 못한 채, 길 건너편만 바라봤다.

약속 시간이 30분 남았을 때였다. 내가 아는 사람이 서점으로 다가갔다. 나는 손으로 입을 막았다.

그 사람은 태린이였다. 태린이는 멀찍이 서서 서점 안을 들여다보고 주위를 둘러보다 굵직한 플라타너스 뒤에 섰다. 그리고 서점 쪽을 바라봤다.

태린이가 왜……. 태린이가 댓글을 달았던 걸까? 하지만 어떻게 알고…….

태린이는 날 미워했고, 아마 지금도 미워하고 있을 거다. 가능성이 없지는 않다. 『지워진 겨울』이 내 책이라는 건 어떻게 알았는지 모르지만. 어쩌면 그날 예담이가 태린이에게 나를 만나러 간다고 얘기했을지도 모른다. 책을 빌리기로 했다고. 운동장에서는 다 알면서 모르는 척 연기했던 거고. 모두 추측이지만, 추측만으로도 소름이 돋았다.

나는 태린이가 그렇게 힘들었는지 몰랐다. 지금 와 생각해 보면 이상하게 들리는 말이다. 어떻게 모를 수 있지? 태린이와 나는 각각 예담이의 가장 친한 친구였다. 내가 힘든 만큼 태린이도 힘들었던 거다. 나는 나만큼 힘든 사람은 없을 거라고 생각했다. 예담이 가족을 빼면 내가 1등이라고 생각했다. 나는 상처와 아픔에도 순위를 매겼고, 내 아픔에 빠져서 다른 사람들을 보지 못했다. 만일 그때 태린이와 내가 만났더라면, 서로 위로했더라면, 지난 2년은 조금 달랐을지 모른다.

지금도 늦지 않았을까. 어쩌면.

태린이에게 가야겠다.

내가 자리에서 일어나려고 할 때였다. 이번엔 반대쪽 길에서 낯익은 얼굴이 걸어왔다. 짧은 스포츠머리, 민서였다. 민서는 또 왜…….

민서는 태린이 옆으로 가서 섰다. 둘이 서점 쪽을 보며 대화를 나눴다. 무슨 일이 일어나고 있는 건지 알 수 없었다. 나는 민서와 태린이와 있었던 일들을 빠르게 되짚었다. 내가 뭘 놓쳤을까.

초록색 마을버스가 정류장에 멈추며 아이들을 가렸다. 버스가 떠나고 나자 한 사람이 보였다. 그 사람을 보는 순간 머리가 핑 도는 것 같았다.

그 사람은 횡단보도를 잠시 바라보다 서점으로 걸어갔다. 서점 앞에 서서 간판을 올려다보고는 서점 문을 열고 들어갔다.

내가 본 사람이 정말 맞을까.

나는 당장 카페를 뛰쳐나왔다. 횡단보도 신호를 기다리며 발을 동동 굴렀다. 신호가 바뀌자마자 뛰었다.

나는 서점 안으로 뛰어 들어갔다.

책 한 권을 들고 표지를 들여다보고 있는 저 사람은, 저 사람은, 분명 예담이다.

"예담아!"

예담이가 고개를 돌렸다. 그런데…… 정말 예담이와 닮았지만, 예담이가 아니었다.

"우리 언니."

예담이와 닮은, 나에게 우리 언니라고 부를 사람, 예담이 동생 예림이.

예림이는 나를 고울이 언니라고 부르다가 고우리 언니라고 부르다가 나중에는 그냥 우리 언니라고 불렀다.

기억 속 꼬마였던 예림이가 달라져 있었다. 키도 나와 비슷했다. 예림이도 이제 6학년이겠구나.

예림이와 나는 한참을 마주 보고 서 있었다. 예림이는 속을 알수 없는 얼굴로 나를 바라보기만 했다. 예림이가 댓글을 단 걸까. 아니면 우연히 이 시간에 서점에 나왔을 뿐일까. 물어봐야 하는데 입이 떨어지지 않았다.

"예림이 왔어?"

서점 구석 작은 창고에서 그레텔이 나오며 인사했다. 그레텔의 시선은 내 쪽으로 옮아왔다. 그레텔은 놀란 눈으로 나를 바라보며 서 있었다.

2년이 지나도 그레텔의 외모는 똑같았다. 정말 마법에 걸렸다고 믿을 만큼. 2년 동안 예림이는 많이 달라졌고, 나는 조금 달라져 있을 것이다.

"네. 고울 언니예요. 저랑 약속했거든요. 고울 언니 보고 싶어 했잖아요. 그래서 여기서 만나자고 했어요."

예림이가 또박또박 말했다.

"잘 왔어. 고울아. 정말……."

그레텔은 온갖 감정이 뒤섞인 복잡한 표정을 하고 서 있었다. 아마 내 표정도 그레텔과 비슷했을 거다.

"귀한 손님이 왔는데 과자 바구니가 비었네! 잠깐만 둘이 얘기하고 있어. 나 오기 전에 가면 안 된다!"

그레텔은 기어이 예림이와 나한테 다짐을 받아 내고선 외투를 집어 들고 서점을 나섰다.

테이블 위에는 여전히 과자 바구니가 놓여 있었다. 예전보다 더 큰 바구니였다. 바구니는 비기는커녕 반 넘게 차 있었다.

그레텔의 책집. 망하지 않고 지금까지 살아남은. 그레텔은 정말 마녀가 아닐까.

예림이가 탁자에 앉았다. 나는 예림이 맞은편에 앉았다. 내가 앉은 자리에서 통창으로 밖이 내다보였다. 멀리 보이는 나무 뒤에서 머리 두 개가 살짝 튀어나와 서점 안을 보다가 나를 봤는지 쏙 들어갔다.

"언니 기사 한 번 검색했더니 언니 사고 영상이 추천 영상으로 뜬 거야. 알고리즘 진짜 웃기지 않아? 그 영상에서 댓글을 봤어. 같은 댓글이 여기저기 달린 것도 봤고. 누구일까 너무 궁금했어. 유가족이 지우라고 했다는데, 나도 엄마 아빠도 그런 적 없으니까. 솔직히 조금 무서웠어. 누가 우리인 척하는 걸까, 누가 장난치는 걸까 싶었어. 그런데 한 사이트 아이디가 미울이더라. 언니가 딱 생각났어. 그래서 확인해 본 거야."

추천 영상이라니. 담담하게 말하고 있지만, 예림이가 얼마나 힘들었을지 짐작이 갔다.

"……미안해. 유가족인 척해서. 그래야 사람들이 지울 것 같았어. 예담이 사고 영상이 여기저기 올라가 있는 게 싫었어."

예림이는 고개를 끄덕였다.

172

"나 그런 댓글 달았다고 엄마한테 들켜서 엄청 혼났어. 나이 때문에 회원 가입이 안 돼서 엄마 걸로 했거든. 엄마가 오늘 언니한테 사과하고 오랬는데……. 난 아직 언니에게 섭섭하긴 해. 사고나고 연락 한번 없었잖아. 장례식장에도 안 오고."

"그때 전화가 없어서 연락을 못 했어. 장례식은 엄마 아빠가 나충격받을까 봐 나중에 알려 줬어."

"그랬구나."

말하고 나니 부끄러웠다. 내가 장례식장에 가서 받을 충격이얼마나 될까. 예림이는 언니를 잃었는데, 그런 예림이 앞에서 충격이 어쩌니 저쩌니 해 버렸다.

예림이는 나를 뚫어져라 바라봤다. 난 예림이와 눈이 마주칠때마다 나도 모르게 눈을 피했다.

예림이가 탁 소리를 내며 납작한 봉투를 테이블에 내려놓더니내 앞으로 밀었다. 나는 천천히 봉투를 열었다. 책이 들어 있었다. 『지워진 겨울』이었다.

표지는 구겨지고, 책등은 닳긴 책. 그 책은 내 책이었다.

난 울지 않으려고 입술을 깨물었다.

"이거 내 책인 거…… 어떻게 알았어?"

"책 때문에 난리 났을 때 그레텔이 알려 줬어. 내가 언니 책이아닌 걸 알리자고 했는데도, 엄마 아빠는 누구 책인지 상관없다고 그러더라. 책 갖고 그런 말 하는 사람들이 이상한 거라고."

참을 새도 없이 눈물이 후드득 떨어져 내렸다.

"예담이 사고, 다 나 때문인 것 같았어. 내가 서점에 같이 가자고 하지 않았다면……."

나는 간절히 대답을 기다리고 있다. 내 탓이 아니라는 말을. 예림이 입으로 그 말을 해 주기를. 이런 내가 너무 빤해서, 내가 너무 싫었다.

예림이는 마치 내 마음을 훤히 들여다보는 듯, 내가 원하는 걸 쉽게 주지 않으려는 듯, 좀처럼 입을 열지 않았다.

"사고 난 뒤에 우리 언니 휴대폰 다 봤어. 언니가 서점 가자고 조르는 메시지가 가득하더라."

예담이 가족이 둘러앉아 내가 보낸 메시지를 들여다보는 상상을 하자 머릿속이 아득해졌다.

"고울 언니 탓이 아니라는 거 우리 가족도 다 알아. 그래도 나는 언니가 미운데 엄마가 그건 아니래. 엉뚱한 데다 탓을 하면 안 된대. 이 책도 엄마가 챙겨 줬어. 난 엄마가 이 책 보관하고 있는 줄 몰랐어. 언니 물건은 다 태워 버렸거든. 나랑 같이 쓰던 물건도 다. 이건 언니 물건이 아니라서 남겨 놨나 봐."

예담이뿐만 아니라 예담이의 손길이 닿은 물건들도 사라져 버렸다고 생각하니 마음이 찢어질 듯 아팠다. 가방, 운동화, 필통, 인형, 머리띠. 정말 이상하게도, 이 순간 예담이의 죽음이 실감 났다.

"엄마가 한번 놀러 오래. 우리 집 이사한 거 모르지? 여기서 안 멀어. 마을버스 타면 돼. 엄마가 언니도 힘들었을 텐데 못 챙겨 줘서 미안하다고 전해 달래. 근데 이건 예의상 하는 말 같긴 해. 우리 엄마 아빠, 그때 언니랑 언니네 부모님에게 화 많이 났었거든. 연락이 없어서. 그러다가 나중에는 또 언니 걱정하더라? 언니도 상담 같은 거 받으면 좋을 텐데 그러면서. 나 그때 엄마한테 화냈다? 우리가 지금 남 걱정할 때냐고."

예림이가 코웃음을 쳤다. 최대한 담담히 말하려고 하지만 말투와 표정에서 깊은 화가 느껴졌다.

부끄럽고 미안했다. 아줌마가 내 걱정까지 했을 줄은 몰랐다. 나를 줄곧 미워하고 있으리라고 생각했다. 어쩌면 미워하면서도 걱정하고 있었을지 모르겠다. 어느 쪽이든, 나를 걱정했다는 말을 들으니 마음속 높이 쌓인 벽 하나가 무너지는 느낌이 들었다.

나는 2년 만에 돌아온 책을 꼭 안았다.

"사과해야 하는데, 솔직히 사과 못 하겠어. 난 아직 언니가 미워."

예림이 목소리가 떨리고 있었다.

"괜찮아. 사과 안 해도 돼."

테이블 위에 잠시 침묵이 흘렀다.

예림이가 자리에서 일어나더니 그대로 서점을 나갔다.

예림이는 용감하다. 예림이는 자기 마음을 속이지 않는다. 난 내 마음속에도 비슷한 감정이 있다는 걸 안다. 열심히, 온 힘을 다해 무시하려고 노력한 감정.

"사실, 나도, 예담이가, 미워."

내가 내뱉은 말이 책에 반사되어 서점 안을 맴돌았다.

"나도 밉다고."

울음이 터져 나왔다.

나도 예담이가 미웠다. 예담이 사고만 안 났다면 난 평범하게 살았을 거라는 생각을 한 적도 있다. 왜 하필 내가 불러냈을 때 사고를 당한 거냐고…… 그런 생각도 했었다.

예담이에게 미안한 마음과 예담이가 미운 마음. 그 두 마음이 내 마음속에 섞여 있다는 걸 이제야 인정할 수 있었다. 예담이와 나 사이를 연결하고 있던 투명한 줄이 툭 끊어지는 듯한 기분이 들었다.

이상했다. 예담이가 밉다고 인정하자 예담이가 너무 보고 싶어 졌다. 그리고 처음 깨달았다. 나는 그동안 예담이를 보고 싶다고 생각한 적이 없었다는 걸. 정말 이상하게도 그랬다. 그리고 더 이 상하게도, 그게 이상한 줄을 몰랐다.

나는 서점을 천천히 돌아봤다. 저 책장 앞에서 예담이와 나는 책을 골랐다. 이 테이블에 앉아서 간식을 먹었다. 저 창가에 서서 그레텔 이야기를 들었다. 이 공간에는 예담이가 스며들어 있다. 만질 수도 있을 것 같은데.

예담이가 너무 보고 싶다.

그레텔이 걸어오는 모습이 보였다. 나는 얼른 눈물을 닦았다.

그레텔이 새빨개진 눈을 하고 서점으로 들어왔다. 품에 하얀 봉지를 안고 있었다. 그레텔은 잉어빵을 사 왔을 것이다. 슈크림이 든 잉어빵. 그레텔 뒤로 민서가 쭈뼛거리며 따라 들어왔다.

"예림이는?"

나는 창밖으로 시선을 돌렸다. 그레텔이 고개를 끄덕였다.

"요 앞에서 만났지 뭐야. 오늘은 반가운 손님이 많이 오는 날인가 봐."

그레텔이 민서를 가리키며 애써 밝은 목소리로 말했다.

민서는 쭈뼛거리며 테이블에 앉았다.

"난 그냥 지나가다가……."

"아닌 거 알아."

"어? 어."

민서가 멋쩍게 웃었다.

"태린이는?"

"갔어."

그레텔이 잉어빵을 가지런히 올린 접시를 내왔다.

"먹어. 방금 나왔어. 바삭할 거야. 내가 또 너무 많이 샀나?"

잉어빵은 열 개도 넘어 보였다. 그레텔은 여전히 손이 컸다. 보석이 아직 떨어지지 않았나 보다. 마녀는 얼마나 큰 부자였을까.

"고울아, 너 한번 오라고 그렇게 말했었는데. 나 너 엄청 기다렸어."

"네?"

"못 들었어? 태린이 올 때마다 내가 고울이 한번 들르라고 전해 달랐는데……."

태린이가 왜 서점에 들어오지 않고 가 버렸는지 알 수 있었다.

"고울아, 이해해. 나도 네가 시간이 필요할 거라고 생각했어. 여기 오는 게 쉽지 않았을 거야. 그래도 내가 도움이 되고 싶었는데. 태린이가 너 잘 지낸다고 해서 다행이다 싶긴 했지만."

그레텔도 나에게 손을 내밀고 있었구나. 마음이 찡했다. 비록 늦게 알기는 했지만, 지금이라도 알아서 다행이었다.

나는 그레텔에게 오늘 내가 이 서점에 오게 된 이유를 얘기했다. 그레텔은 놀라면서도, 예림이도 나도 이해한다는 듯 고개를 끄덕였다.

민서는 그 댓글을 단 사람이 누구인지 나만큼 궁금해서 게시판을 자주 열어 봤다고 했다. 그러다 오늘 만나자는 댓글을 봤고, 태린이에게 연락해 같이 나왔다고 했다. 민서와 태린이는 납치나 격한 싸움, 협박 같은 일을 상상하고 나왔다고 했다. 따끈한 잉어빵이 놓인 테이블은 상상하지 못했다고. 그건 나도 마찬가지였다.

나는 그레텔에게 예전 일들을 이야기했다. 휴대폰이 없어서 예담이가 세상을 떠난 사실을 뒤늦게 알았다고.

그레텔과 민서가 충격받은 표정으로 나를 바라봤다.

"그런 얘기를 왜 안 했어?"

민서가 답답하다는 듯 물었다.

"다 변명 같았어. 내가 마음만 먹었다면 알 수 있었을 테니까. 휴대폰은 없었지만 집만 나가면 누구든 만날 수도 있었고, 병원을 찾아갈 수도 있었고, 여기를 찾아올 수도 있었고. 문 앞에서 날 막는 사람은 없었어. 그동안 부모님 탓을 했지만, 내가 숨었던 거야."

나는 그날 내가 예담이를 불러냈기 때문에 나 때문에 사고가 난 것 같아 괴로웠다고 이야기했다. 지금도.

"그게 왜 네 탓이야. 음주 운전 해서 사고 낸 사람 탓이지. 그 사람이 제대로 운전만 했어도 예담이는 살아 있었을 거야. 지금 우리처럼."

지금 우리처럼.

그레텔의 마지막 말이 귀에 들리자마자 눈물이 흘러내렸다. 내 눈물은 그레텔의 눈물을 불러왔고, 민서의 눈물도 불러왔다.

어쩌면 죽음은 살아 있는 사람들의 문제 같다. 예담이의 죽음은 예담이의 일이 아니다. 살아 있는 사람들만 죽은 사람을 생각하며 울고, 화내고, 그리워하고, 후회한다.

"난 네가 조금 이해가 가. 절대 네 탓이라는 건 아니지만, 나였어도 너처럼 자책했을 거 같아. 그래도 네 탓은 아니야. 알지?"

민서가 말했다. 묘한 기분이 들었다. 엄마도 아빠도 내 탓이 아니라고, 그렇게 생각할 필요 없다고 했다. 수없이. 나도 나에게 수없이 말했다. 내 탓이 아니야. 내 탓이 아니야. 하지만 지금 민서 말을 들으니 오히려 마음이 조금 편안해졌다. 누구라도 나처럼 자책했을 거라는 말. 하지만 그렇다고 그게 사실은 아니라는 말.

그레텔이 내 등을 천천히 두드렸다.

그레텔은 나와 민서에게 잉어빵을 하나씩 내밀었다.

내 손안에 잉어빵이 있다. 선명한 눈동자와 선명한 비늘과 선명한 지느러미가 있는 잉어빵이. 이상하게도 지금은 비린내가 나지 않았다.

나는 천천히 잉어빵을 내려놓았다. 오늘은 여기까지. 어쩌면 다음에는, 또는 그다음에는, 잉어빵을 먹을 수 있을지도 모르겠다.

탁탁

서점에 설치된 빔프로젝터 화면에 『골키퍼』 북튜브 영상이 나왔다. 영상이 다 끝나자 사람들이 태린이와 나를 보며 손뼉을 쳤다.

"제 책으로 이렇게 멋진 영상을 만들어 주시다니, 정말 감동했어요."

『골키퍼』를 쓴 강희정 작가가 태린이와 나를 보며 고개 숙여 인사했다.

"비판도 정말 날카롭네요. 한 방 맞은 기분이에요. 제가 다음 작품은 정신 바짝 차리고 더 잘 쓰겠습니다."

청중이 가볍게 웃었다. 나는 얼굴이 조금 달아올랐다.

그레텔은 내가 『골키퍼』로 북튜브 대회에 나갔다는 말을 듣고 이번 달 작가와의 만남 행사에 강희정 작가를 초청했다. 민서는 오지 못했다. 오늘이 민서가 그렇게 기다리던 축구 경기 날이기 때문이었다.

우리를 포함해 열다섯 명의 청중이 옹기종기 앉아 작가의 강연을 들었다. 거의 내 또래 아이들이었지만, 아주머니 아저씨들도 있었다.

나는 작가의 사인을 받고 태린이, 작가와 함께 셋이서 사진도 찍었다.

행사가 끝나고 서점은 썰렁해졌다. 그레텔은 작가를 배웅하러 나가고, 서점에는 태린이와 나만 남았다. 우리는 서로 가장 멀리 떨어진 책장 앞에 서서 책을 뒤적거렸다. 우리의 거리만큼 우리는 아직 서먹하다.

민서와도 서먹하기는 마찬가지다. 민서는 내가 우는 장면을 영상에 넣은 걸 다시 사과했다. 나는 사과를 받아들였다. 하지만 내 마음까지 사과를 받아들인 것 같지는 않다. 아이들을 대하기가 여전히 조금 껄끄럽다. 아이들도 그런 내 마음을 아는 듯했다.

"세 시네."

태린이가 중얼거리며 빔프로젝터 화면에 축구 경기를 틀었다.

서점 문이 열리면서 차가운 공기와 함께 그레텔이 들어왔다. 그레텔 품에는 간식거리가 한 아름이었다. 그레텔은 오늘도 손이 크다. 우리 셋이 먹을 간식이라고는 믿어지지 않을 양이었다. 떡에, 조각 케이크에, 귤에. 돈을 또 엄청 썼을 거다.

나는 그레텔에게 툭 터놓고 물어봤다. 사람들이 비난하고 손님이 끊긴 어려운 시기를 어떻게 견뎠느냐고.

"그냥 똑같이 지냈는데? 열두 시 반에 문 열고, 여덟 시 반에 문 닫고."

"월세는요?"

내 순진한 질문에 이어 그레텔은 진실을 알려 줬다. 정말 별것 아니라는 듯이.

"월세? 이거 내 건물이야. 부모님한테 물려받았어."

"네?"

태린이와 내가 동시에 소리를 질렀다. 세상에. 그레텔이 정말 건물주일 줄이야.

예담아, 네 생각이 맞았어. 나는 창문 밖 하늘을 올려다봤다.

그레텔은 귤껍질을 까면서 별일 아니라는 듯 고도 비만으로 힘들었던 학창 시절 이야기를 했다. 생각보다 심각했는지, 그레텔은 실제로 자기 자신을 마녀를 화덕에 밀어 넣고 과자 집을 차지한 그레텔이라고 믿었다고 한다.

"지금은 많이 괜찮아졌어. 아직 정기적으로 병원에 다니긴 하지만."

그레텔이 과자 바구니를 우리 쪽으로 밀었다. 태린이는 과자를 잘 먹지 않았는데도, 오늘만은 비스킷을 하나 집어 들었다.

"민서다!"

태린이가 소리쳤다.

정말 중계 화면에 민서가 나오고 있었다. 민서는 응원하는 선수 유니폼을 입고, 머리에는 빛이 깜빡이는 붉은 악마 머리띠를 하고, 카메라를 향해 손을 흔들었다. 민서는 제일 앞자리였는데, 민서 앞 난간에는 민서가 그동안 모은 유니폼이 가지런히 걸려 있었다.

"우아, 자리 좋다!"

그레텔이 감탄했다.

"프리미엄석이래요."

민서가 저 자리에 앉을 수 있었던 건 다 우리 북튜브가 대상을 받은 덕분이다.

결과가 발표되고 나서 민서는 바로 대회를 연 곳에 연락해 사정을 이야기했다. 주최 측에서는 심사 위원과 협의한 뒤, 심사 결과에 영향을 미치는 장면은 아니라고 판단해서 내가 우는 장면을 편집해 줬다. 그리고 하나 더 수정했다. 유튜브 마지막에 그림 모델이 아이돌 연습생 최우람이라는 자막을 넣었다. 최우람이 나중에 내놓은 조건이었다.

우리는 문화 상품권 50장을 받았다. 민서는 열여섯 장을 나에게 건넸다. 내 피, 내 땀, 내 눈물이 들어간……. 피는 모르겠지만 땀과 눈물은 확실히 들어간 문화 상품권이었다. 16장씩 나누고 남은 두 장으로 민서는 최우람에게 밥을 샀다.

민서는 문화 상품권을 판 돈으로 티케팅에 성공해서 맨 앞자리에 앉아 있다. 태린이는 편집 프로그램 정기 구독을 시작했다. 요즘 태린이의 유튜브 채널은 영상미가 훨씬 나아졌고, 그 덕인지는 모르겠지만 구독자가 스무 명쯤 더 늘었다. 그 스무 명 안에 나도 들어 있다.

나는 문화 상품권만 받으면 바로 간식 서랍을 채울 계획이었지만 이젠 그럴 필요가 없다. 부모님은 이제 내 서랍을 건드리지 않는다. 학교에서 선생님과 싸우고 돌아온 날, 그동안 가져갔던 과자까지 모두 돌려줬다.

나는 서랍을 과자로 채우는 일이 점점 시들해졌다. 이제는 언제든 이곳에 올 수 있으니까.

나는 문화 상품권으로 서점에서 책을 샀다. 가장 먼저 고른 책은 『골키퍼』이고, 『지워진 겨울』도 두 권 더 샀다. 민서와 태린이에게 선물할 계획인데 아직 주지는 못했다. 내 마음이 편안해질 때 선물할 거다. 남은 상품권도 갖고 있다가 마음에 드는 책을 살 생각이다. 북튜브 대회가 어느 정도 성공했는지는 모르겠지만, 적어도 우리나라 청소년 가운데 한 명은 책으로 이끌어 냈다. 바로 나.

예림이를 만나고 돌아온 날, 나는 부모님에게 예림이를 만났다고 말했다. 부모님은 왜 미리 얘기도 하지 않고 예담이네 가족을 만났느냐며 화를 냈다.

"나 믿는다면서. 그 정도는 내가 알아서 할 수 있는 일 아니야?"

"걔가 뭐래?"

"예담이네 엄마가 놀러 오래."

"거길 왜 가?"

아빠가 날카롭게 소리쳤다. 부모님은 여전히 모든 걸 내 위주로 해석하려 한다. 그게 날 보호하는 거라 생각한다.

"예담이네 엄마가 나 괜찮은지 걱정 많이 했대."

부모님이 멈칫하는 기색이 느껴졌다.

"진짜 날 믿는다면 지켜봐 줬으면 좋겠어."

그동안 부모님을 계속 피하기만 했다. 이번만은 진지하게 내 마음을 보여 주고 싶었다. 부모님은 말없이 깊은 한숨을 번갈아 내쉬었다.

나도 예담이네 집에 진짜로 갈 생각은 없었다. 나에게도 예담이 부모님에게도 힘든 일이 될 것 같았다. 그날 이후 예림이에게서 한 번 연락이 왔다. 예림이 부모님이 나서서 사고 영상을 지우고 있다고 했다. 예림이는 신경 써 줘서 고맙다는 부모님의 말을 전했다.

나는 요즘도 당사자가 올리지 않은, 끔찍한 사고 영상을 찾아 댓글을 달고 신고도 한다. 유가족이라든가 변호사라는 말은 빼고. 그런 영상들을 찾는 과정이 너무 괴롭지만, 가끔이라도 영상이 지워지거나 누가 내 댓글에 '좋아요'를 눌러 주는 일이 생기기 때문에 멈출 수가 없다.

경기가 시작되었다. 사람들의 함성과 박수 소리가 들렸다. 저 소리에 민서 소리가 섞여 있을 거라고 생각하니 신기했다.

경기 시작 5분도 채 되기 전에 상대 팀이 첫 슈팅을 했다. 다행히 우리나라 골키퍼가 몸을 날려 막아 냈다.

나 저 느낌 아는데. 나도 공 막아 봤는데. 오른손 끝으로 공을 막을 때의 쾌감이 되살아났다. 손끝이 저릿했다.

골키퍼는 다시 자리 잡고 서서 탁탁 손바닥을 부딪쳤다. 얼마든지 차 보라는 듯이.

"오, 진짜 멋있다!"

그레텔이 골키퍼를 따라 했다. 손바닥을 탁탁 세게 부딪쳤다.

나도 손바닥을 부딪쳤다. 희한하게도 힘이 솟는 기분이 들었다. 태린이가 그런 나를 보더니 작게 웃었다.

이제 나도 나만의 골대 앞에 설 수 있을 것 같다. 아니, 벌써 서 있는 듯하다. 아직은 공이 무서워서 뒤돌아 있지만, 언젠가는 나도 앞을 볼 수 있을 것 같다. 언젠가는.

십 가까이 초등학교와 중학교가 있습니다. 그동안은 동화만 썼기에 동네를 돌아다닐 때면 항상 초등학생들이 눈에 들어왔어요. 그런데 블랙박스를 쓰기 시작하고부터는 중학생들이 눈에 들어오기 시작했어요. 중학생들의 교복, 체육복, 신발과 실내화, 말투와 걸음걸이, 헤어스타일. 무엇 하나 귀하지 않은 것이 없었어요. 저를 스쳐 지나가 준 수많은 중학생에게 감사를 전하고 싶지만, 전할 방법이 없어서 여기에 씁니다.

어제도 담 너머로 학생들이 운동장에서 축구하는 모습을 살짝 보았어요. 학생들은 회색 체육복을 입고 운동장을 뛰어다녔어요. 너무 오래 보면 이상한 사람처럼 보일 것 같아 지나치듯, 하지만 집중해서 보았습니다. 골키퍼가 공을 잡고, 던지는 장면을 보게 되어서 좋았어요.

작년부터 초등학교에 강연 가서 6학년을 만날 때면, 여러분이 중학생이 되었을 때 읽을 수 있도록 청소년 소설을 쓰고 있다고 이야기하곤 했어요. 한 명이라도 그 이야기를 기억하는 분이 있을지 모르겠어요. 우연히라도 이 책을 읽고, 작가의 말까지 읽어준다면, 그래서 '어! 그때 그 작가님이잖아!' 하고 놀란다면 얼마나 좋을까 생각합니다.

강연에 가면 단골 질문이 있습니다. 1위는 항상 "이 책을 어떻게 쓰게 되었나요?"입니다. 저도 책을 읽을 때면 꼭 그 점이 궁금하긴 해요. 혹시라도 그게 궁금해서 작가의 말을 읽고 계실 분이 있으실지도 모르겠어요.

처음에는 로맨틱 코미디를 쓰려고 마음먹었어요. 믿으실 수 없겠지만 그랬습니다. 예전에 조금 써 둔 글이 있어서 고치기 시작했어요. 쓰고 버리고, 쓰고 버리고, 다시 쓰고 하다 보니 이런 이야기가 되었어요. 처음 이야기에서 짝사랑과 축구라는 소재만 남은 것 같아요.

글에 뭔가가 더 필요하다고 생각하고 있을 때, 한 지인이 메신저로 뉴스 기사를 보냈어요. "이거 봤수?"라는 말과 함께요. 사고 현장을 찍은 블랙박스 영상이었는데 차가 부서지는 장면이 크게 확대되어 여러 번 되풀이되었어요. 그 화면을 배경으로 뉴스 앵커가 말했어요. 운전자는 숨졌다고요.

그 영상을 보는 순간 제가 원래 이런 소재를 쓰고 싶어 했다는 사실이 떠올랐어요. 그래서 블랙박스가 이야기 속으로 들어왔습니다.

이 외에도 이 책에는 제 경험들이 많이 들어 있지만 조금 부끄러우니 혹시 만나게 된다면 따로 말씀 드릴게요. 궁금하지 않으실지도 모르지만요.

이 책은 제 첫 청소년 소설입니다. 동화 작가가 될 줄 몰랐는데 동화 작가가 되었고, 청소년 소설을 쓸 줄은 몰랐는데 이렇게 한 권을 썼어요. 인생은 알 수 없다는, 조금은 진부하고 상투적인 말을 요즘 자주 생각합니다.

저에게 청소년 소설 출간을 먼저 제안해 주시고, 같이 고민하고 좋은 의견 주신 우리학교출판사에 감사드립니다. 긴 글을 몇 번이나 읽고 합평해준 동료 여러분께도 감사 말씀을 드려요.

이 글을 쓰는 지금은 10월 초입니다. 블랙박스 이야기가 시작되는 시기와 거의 같아요. 저는 이번 가을과 겨울, 길을 걷다가 은행나무가 물드는 모습을 볼 때, 잉어빵을 발견할 때, 찬 공기를 가르며 축구하는 학생들을 볼 때, 나란히 걸어가는 중학생들을 볼 때, 이 이야기를, 이야기 속 인물들을 자주 떠올릴 것 같습니다.

읽어 주셔서 감사합니다.

2022. 10.

황지영